みだら風来帖

睦月影郎
Kagerou Mutsuki

イースト・プレス 悦文庫

目次

みだら風来帖

第一章　初体験は朝食のあとに

1

（今年こそは、何とか童貞を捨てないとなあ……）

　この正月で二十三歳になった無三《むさん》は、インスタントラーメンに餅と卵を入れて食いながら思った。体重もスリーサイズも全て百で、スキンヘッドに丸メガネだからまるでオバQだ。

　ここは練馬にあるボロアパートで、尾地荘《おちそう》という。一、二階合わせて全部で八部屋に若者が住んでいるが、各四畳半で風呂はなく、トイレも炊事場も共同という骨董品のようなアパートである。

　しかし無三以外の住人の七人が全員二十二歳の大学四年生で、みなこの三月に卒業を控えて出ていくことが決まっていた。

　だから住人が引き払ったら、春に取り壊されることが決定しているのだ。

逆に言えば、もう自分の部屋をどう使おうと壁に落書きしようと、最後の住人なのだから勝手だった。

住人のうち大学生ではなく、一人だけ中退してゴロゴロしているのがこの月影《つきかげ》無三であった。

無三というのは変わった名だが、湘南で無心館《むしんかん》という剣術道場を経営している武道家の父が名付けた。

無欲、無我、無心の三つの極意を表しているのだが、無三は俗物を絵に描いたような男だった。欲深くて我が強くて煩悩の塊、すなわち自分の無とは、無神経、無節操、無責任の三つだと思っていた。

それにしても、このアパートで四年近くになる生活も、女と風呂と金の三つが無かった。

無三は、もともと演劇学科で役者を目指していた。しかし体重百キロで色男でもなく、下っ端でこき使われるのも御免だったから諦め、潔く中退。そして今は脚本を書いていた。

もちろんそれだけでは食えないし、中退とともに実家からの仕送りもなくなっていたのでエロ雑誌のコラムを書いて糊口《ここう》を凌《しの》いでいた。

四畳半は万年床と座卓にパソコン、あとはオナニー用のエロ本が散乱しているだけの混沌とした部屋である。

外で働くのは面倒で、四六時中部屋にいる。動くのは苦手だが、それでも家が道場だから子供の頃から嫌々ながらも無理やり稽古させられ、剣道三段と居合道四段を持っている。

しかし大学に入ってから太りはじめ、今は実家にも寄りつかず、道場は真面目な弟が継ぐことだろう。

(何とか早急に女を抱いて人生を知らないと、エロコラムや脚本を書くにも限界がある)

無三は、朝食の餅入りラーメンを食い終えて思った。

仕事より生活より、思うのは何しろ女体のことばかりだ。

しかしファーストキスの経験すらない完全な童貞。オナニーの射精回数は年間千回、まさにせんずりを地でいっていた。

小遣いを貯めて風俗にでも行こうと思ったことはあるが、やはり素人女性への憧れが強かった。何しろソープ嬢は、日に何度も入浴し、この世で最も清潔な女性たちである。

無三は、女体のナマの匂いに憧れていたから、ケアされている無味無臭な風俗嬢は敬遠していたのだった。

だからなおさら、ダサい彼は素人女性などと縁が持てなかったのである。

と、そのときノックされて戸が開いた。

「むーさん、就職が決まったので今日出ていきます。お世話になりました」

訪ねて来たのは、二階の映画学科の男だ。映画会社に内定し、すぐにも寮に入れると言うことだったが、一回故郷へ帰るらしい。

昨日のうちに荷物は運び出し、身一つで帰省し、次の上京で入寮のようだ。

「おお、そうか。何も世話なんかしちゃいないが、まあ達者でやってくれ。この鍋洗って置いておいてくれ」

無三は言って箸と鍋を渡した。

彼は鍋を受け取り、一礼して出ていった。

「就職かあ。まして映画会社なんか行ったら、死ぬほどコキ使われるだろうね。薄給で結婚なんか出来るんだろうか。あんまり器用な奴じゃないからねえ」

ぶつぶつ言ってると、また次の誰かが戸を開けた。

「むーさん、今日引っ越します」

隣室の、文芸学科の男だ。

「あれえ、お前も就職決まったの？」

「いえ、彼女が一緒に暮らそうというので、バイトしながら就活します」

「彼女が出来たの？」

無三は嫉妬と羨望に身を乗り出した。

「ええ、彼女のハイツは二部屋あるし風呂付きなので」

「いいなあ、毎晩エッチできるね。まあ座りなさい。彼女の割れ目は、ちゃんと洗う前に舐めないと駄目だよ」

無三は言い、強引に彼を中に入れて座らせた。

「そんな、ちゃんとシャワーがあるんですからね」

「いいや、ダメだ。せっかく沁《し》み付いた彼女の体臭を洗い落としてから舐めるなんてのは、鰻重の鰻を洗って食うようなものだ」

「何か違うと思うんですけど」

「とにかく、彼女のお古で捨てるような下着や靴があったらここへ送りなさい」

「じゃ、急ぎますんで失礼します」

彼は言って立ち上がり、そそくさと出ていった。

「今夜からやりまくるんだろうなあ。でもいじって入れるだけの、つまらんエッチをするに決まってるんだ。ああいう文学崩れってのは、クンニしないくせにフェラだけは念入りにさせるんだよね」

無三は呟きながら、急に寂しくなってきた。卒業式を待たず、みな次々に出ていってしまうのだろう。

無三は中退だし、浪人しているので彼らより年上で、それで何かと連中に立ててもらってきていたが、それも一人きりになったら炊事場やトイレ掃除などする人が誰もいなくなる。

「みんな出ていっちゃうね……。俺だけ行き先が決まってないけど、他の部屋が全部空いちゃうと、真希子《まきこ》さんが取り壊しを早めるかも知れないなあ……」

無三は言い、肩を落とした。

尾地真希子は隣の一軒家に住んでいる大家で、三十八歳の主婦だ。亭主は商社マンで、大学一年生の娘が一人いる。

母屋は無三の窓から見え、この美人母娘が、彼の妄想オナニーの最多出場者であった。時には洗濯物を干している姿を盗み見ることが出来たし、挨拶したときなどはその美しい顔を瞼《まぶた》に焼き付けたものだ。

（でも、まだ十八歳の真穂《まほ》ちゃんは無理にしても、せめて真希子さんは落ちないかなあ。アパートは尾地荘だけど、あの巨乳美人妻は、落ちそうにないなあ……）

真希子は、セミロングの黒髪と透けるような色白の肌を持つ美女で、巨乳と巨尻は一級品、性格も穏やかで優しかった。

四十半ばになる婿養子の亭主は忙しくて留守がちだから、きっと真希子も欲求が溜まっているだろうと思うのだが、この四年ばかり、官能小説のような心ときめく展開などなかった。

美少女の真穂は大学一年生だが、高校時代に少しだけ母屋に行って無三が家庭教師をしたことがあった。

長い黒髪の匂いをそっと嗅いだり、トイレで母娘が使う便座に頬ずりしたり、その頃はオナニーのネタには苦労しなかったものだ。

しかし昨春、大学に合格してからは、もう母屋に上がる理由もなく、あの頃もっと玄関で靴を嗅いでおけば良かったとか、脱衣室で下着は漁れなかったものかと後悔することばかりだった。

やがて無三は部屋を出てトイレに入り、炊事場に行った。

トイレは、和式水洗の個室が二つ並んでいる。体重百キロでしゃがむのはきついが、とうとう洋式にはしてくれなかった。

炊事場は、流しと調理台と食事用のテーブル。あとは皆の鍋などが置かれているだけで、冷蔵庫はない。

かつて真希子の母親がいる頃は、炊飯器や冷蔵庫も置いて賄いしてくれていた時期もあったようだが、今はもう田舎に引っ込んで悠々自適の日々を送っているらしい。

無三の鍋と箸も、ちゃんと洗って棚に置かれていた。しかし自炊するものはおらず、せいぜい無三のようにラーメンを作るか、あとはコンビニ弁当などで済ませていたようだ。

彼は湯を沸かしてインスタントコーヒーを淹れ、カップを持って再び部屋に戻った。そしてブラックのまま飲み、タバコを一服した。

また脚本やエロコラムの仕事に戻らないとならないが、朝食のラーメンを食ってからずっと眠気に襲われていた。

「もう一眠りしちゃおうか。それとも、せっかくコーヒーを飲んだんだから一回抜いておこうか」

無三は呟き、タバコを消してコーヒーを飲み干すと、窓ににじり寄って尾地家の方を窺《うかが》った。

すると、ちょうど真希子が出て来たところだった。

（う、美しい……、真希子さんの手ほどきだったら最高の初体験なんだが……）

覗きながら淫らなことを思って勃起すると、その真希子がこちらを見て手を振ってきたのである。

「あ……、お、お早うございます……」

目が合ってしまったら、もう覗きは続行できない。仕方なく無三は窓を開けて真希子に挨拶した。

2

「むーさん、お酒いる？　お年始でいっぱいもらっちゃったから」

真希子は、他の住人たちと同じように彼をそう呼んでいた。

「い、いります！　いいんですか」

「ええ、好きなのを取りに来て」

ようだ。

「行きます行きます」

どうやら真希子は、それを無三に伝えに家を出てアパートに来るところだったようだ。

無三は立ち上がって玄関に回り、ジャージ姿のまま素足に下駄を突っかけ、アパートの脇《わき》から尾地家の勝手口へと回っていった。真希子も彼を待って先に入っていった。

「お邪魔しまあす」

久々に家に入れるのが嬉しく、彼は言ってから、いま真希子が脱いだばかりのサンダルを嗅いで舐め、すぐに上がり込んでいった。

家は割りに広く、階下にリビングとキッチンにバストイレ、夫婦の寝室に客間があり、二階は真穂の部屋と主人の書斎、ベランダなどがあった。

リビングに通されると、お年始の一升瓶やウイスキー、海苔や佃煮などの箱が並んで置かれている。

「お酒だけじゃなく、食べ物も持っていって。どうせラーメンばかりなのでしょう？」

「すみません。では有難《ありがた》く」

無三は宝の山を見るような思いで物色し、いや、貰えるなら何でも良く、次々に選ばせてもらった。

「お風呂も、ずいぶん入っていないのでしょう」

「ええと、最後に銭湯に行ったのが去年の……」

「いいわ、真穂が朝お風呂に入ってお友達と旅行に行ったから、残り湯だけど入って行きなさい」

「わあ、いいんですか……！」

言われて無三は顔を輝かせた。

「皆には内緒よ。むーさんは真穂の先生だったし、掃除当番表やゴミ出しとか、皆の荷物を預かってもらったりお世話になっているから」

真希子が慈愛の笑みを浮かべて言う。

それは単に、無三が四六時中アパートに籠もっているから自然にそうなっただけなのだが、大家からしてみたら年長の彼をずいぶん頼りにしてくれていたのだろう。

「じゃ急いでタオル持って来ます」

「それぐらい用意してあげるわ」

言われて、すぐ真希子と一緒に脱衣所へ行くと、バスタオルを用意してくれた。

「すみません。じゃ使わせて頂きます」

「ええ、ゆっくりしてね。使ったタオルは洗濯機に入れて」

言うと真希子はリビングへ戻って行き、無三はジャージ上下と下着を脱いで全裸になった。

（そうだ。まだ歯も磨いていなかった。借りよう）

洗面台に置かれている歯ブラシは三本。柄《え》の色は、青と赤とピンクだ。おそらく赤が真希子のものだろうが、彼は真穂のものらしいピンクの歯ブラシを借り、歯磨き粉を付けてバスルームに入った。

まずは股間を洗ってから湯船に浸かり、ゆっくりと歯を磨いた。

（ああ、真穂ちゃんが身を浸した残り湯……）

無三は湯の中で激しく勃起しながら思った。

最近旦那は見ていないから、また長期出張だろう。真希子も朝は忙しいから入浴せず、この湯は真穂だけが浸かったものに違いない。

やがて歯を磨き終え、充分に温まってからバスタブを出た。

排水口には、真穂の長い髪や恥毛などは見当たらなかった。

真穂が可愛いお尻を乗せたであろう椅子に座り、シャワーの湯で口をすすぎ、ボディソープで全身を洗いながら放尿もした。スキンヘッドだからシャンプーは要らない。

そこにT字剃刀もあったので、伸びかけた髪と無精髭《ぶしょうひげ》も剃り、鼻の下の髭だけ残した。

スポンジや柄付きブラシも、美人母娘が使ったのだろう。それを嗅いでから全身を擦って去年からの垢を洗い落とした。

特に股間は念入りに洗い、湯で流してからもう一度浸かった。

そしてさっぱりして上がり、もう真希子が入るとも思えないが、恥毛を含む上ずみを丁寧に手桶で掬い取ってからバスルームを出た。

真穂の歯ブラシを洗って戻し、バスタオルで身体を拭いた。

しかし、せっかく綺麗にしたのに、また去年から替えていない下着を穿《は》くのも気が引けるが、他にないのだから仕方がない。

しかし着る前に、使ったタオルを洗濯機に入れると、中にブラや下着、ソックスなどが入れられていた。

どうやら真穂のものだけ、まだ洗濯前のものが残っていたようだ。

（わあ、真穂ちゃあん……）

無三は激しく勃起しながら、まずは白いソックスを手にし、僅かな黒ずみのある踵や爪先を嗅いだ。うっすらと蒸れた匂いが沁み付き、その刺激が悩ましくペニスに伝わっていった。

両足とも貪《むさぼ》るように嗅ぎ、ブラの内側に籠もった赤ん坊のように甘ったるい体臭を嗅ぎ、いよいよショーツだ。

無地の小さなもので、裏返して観察すると、僅かに縦線の食い込みがあり、微かなレモン色のシミが認められた。しかし抜けた恥毛や、肛門の当たる部分の変色はなかった。

堪まらずに鼻を埋め込むと、繊維の隅々には甘酸っぱいような汗の匂いが沁み付き、割れ目の部分にはほんのりしたオシッコらしき匂いや、チーズ臭の成分も入り混じっていた。

（わあ、処女の匂い……！）

無三は危うく果てそうなほど高まりながら、感激と興奮に包まれた。処女かどうか分からないが、女子高から女子大なので、その可能性は大だろう。

（か、嗅ぎながら急いで抜いてしまおう。いや、待てよ……）

ペニスを握ろうとして、無三は思い当たった。

こんなふうに、真希子が家に呼んで風呂まで使わせてくれたのだから、これはひょっとして、手ほどきしてくれる段階まで進むのではないだろうか。

自分に都合の良いように思ったが、とにかくここで抜くのは断念した方がいいかも知れない。

無理なら無理で、この匂いを記憶に焼き付け、部屋に戻ってから抜けば良いのだ。まさか盗るわけにいかないから、彼は真穂の下着を存分に嗅いで鼻腔を満たし、やがて洗濯機に戻したのだった。

そして懸命に勃起を抑えて下着とジャージ上下を着て、不埒な痕跡《こんせき》はなかったか一通り確認してから脱衣所を出た。

「有難うございました」

「ええ、どうぞ」

リビングに戻って挨拶すると、真希子がお茶を淹れてくれていた。ソファに座ると彼女も向かいに腰を下ろした。

「今日も二人出ていったわね」

「ええ、僕も行き先を探さないと……」

「三月半ばまでは居てくれて構わないわ。何なら空いたお部屋も勝手に使って」

「はい、今のところ一部屋で足りてます」

「彼女はいないの？」

　真希子が、いきなり訊いてきた。

「い、いません。まあ他の連中も、今まで誰も女性を連れ込んだ奴はいませんので、みんなモテないんだと思います。僕も含めて」

「そんなことはないわ。むーさんは包容力があるし、真穂もむー先生のことは大好きよ。大きなクマさんのぬいぐるみみたいだって」

　クマじゃなくブタだと思うが、無三は嬉しかった。そしてさっき嗅いだ真穂の下着の匂いが鼻腔に甦《よみがえ》り、目の前の美しい真希子の顔を見ながら、また激しく勃起してきてしまった。

「今まで彼女がいたことは？」

「一回もないです。キスも知らない完全無垢《むく》です」

「まあ、いけない場所に行ったことは？」

「それも、金がないので経験してないです」

「そうなの……、もったいないわ。精力が余っていそうなのに……」

真希子が、急に熱っぽい眼差しになり、声も粘つくような艶《なま》めかしさが含まれはじめ、何やら妖《あや》しい雰囲気になってきてしまった。

無三は、まさかあのまま自分の部屋で眠り、夢でも見ているのではないかと思ったが、ダメ元で、思い切ってお願いしてしまった。

3

「あの、どうか僕にセックスの手ほどきをして頂けないでしょうか」

「え……？」

無三はとうとう口に出してしまい、深々と頭を下げると、真希子が驚いたように聞き返した。

「大学は中退したけど童貞だけはちゃんと卒業したいんです。もちろん無理なら諦めますので忘れて下さい。いえ、やっぱり無理ですよね。すみませんでした。失礼します」

無三は言い、もう一度一礼して立ち上がった。

「待って。いいの？　私みたいなおばさんが最初で」

するとは真希子が引き留めてくれ、無三はそれだけで今にも射精しそうな歓喜に包まれた。

「い、いいなんてもんじゃないです。真希子さんでなければいけないほど、ずっと憧れていましたので！」

奇跡的に脈ありと思い無三が勢い込んで言うと、真希子も立ち上がった。

「来て」

彼女は言って先に奥へ入っていった。

無三も、緊張と興奮に目眩《めまい》を起こしそうになりながら従い、やがて夫婦の寝室に招き入れられた。

中にはダブルベッドが据えられている。

あとで聞くと亭主はヨーロッパに長期出張中だから、ベッドには真希子の匂いだけが沁み付いている。そして亭主が在宅のときも、ここ数年は夫婦の営みがないようだった。

「ここで、脱いで待っていて。急いで身体を流してくるから」

真希子も緊張に頬を強ばらせて言い、出て行こうとした。

「ま、待って下さい。どうか今のままで」

「そんなに慌てないで。すぐ来るから」

「いいえ、ナマの匂いが憧れなんです。どうか今のままでどうか今のままで」

無三は彼女の手を握って懇願し、ベッドへと引き戻してしまった。

「だって、昨日の夕方お風呂に入ったきりだし……」

「それがいいんですそれがいいんです」

無三が執拗《しつよう》に頭を下げると、根負けしたように真希子が力を抜いて小さく嘆息《たんそく》した。

「汗臭くても知らないわよ。今日も朝から動き回っていたのだから」

「お願いしますお願いします」

「分かったわ。じゃ脱ぎましょう」

真希子が言い、ブラウスのボタンを外しはじめてくれた。

ようやく安心し、無三もジャージ上下を下着ごと二秒で脱ぎ去り、丸めて床に置いてベッドに横になった。

枕にもシーツにも、彼より十五歳年上の真希子の熟れた体臭が甘ったるく沁み付いていた。

激しく胸を高鳴らせて見ていると、彼女は背を向けてブラウスを脱ぎ去り、ブラを外して上半身裸になり、スカートとソックスも脱いだ。

そして最後に残った白いショーツを脱ぐとき、彼の方に白く豊満な尻が突き出された。

思わずゴクリと生唾を飲むと、すぐに真希子が振り返って彼の隣に滑り込んできた。

「すごいわ、こんなに硬く……」

すると彼女は屹立《きつりつ》したペニスを目に留め、やんわりと握って言ったのだ。

「ああ……、い、いきそう……」

ろくに女体を観察する暇もなく、無三は唐突な快感に喘いだ。

「まあ、もう？　いいわ、一度出した方が落ち着くわ。どうせ続けて出来るでしょう？」

「え、ええ……」

ニギニギと手のひらに包まれながら、無三は朦朧《もうろう》として彼女の言葉に頷いていた。何しろ生まれて初めて人に握られたのだ。

真希子も顔を寄せ、幹を摑みながら童貞のペニスを観察した。

「ツヤツヤして綺麗なピンクだわ。丁寧に洗ったのね」

彼女は包皮を剝き、完全に露出して張りつめた亀頭にも触れて言った。

では、入浴させてくれたのは、やはり彼女にもその気があったということではないだろうか。

無三は思ったが、彼女の熱い視線と息を感じ、次第に何も考えられなくなってしまった。

真希子は陰嚢《いんのう》も、ほんのり汗ばんで柔らかな手のひらに包み込み、二つの睾丸《こうがん》をコリコリと確認するように優しく動かしながら、付け根を微妙なタッチでモミモミしてくれた。

さらに彼女はチロリと舌を伸ばし、とうとう尿道口から滲む粘液を舐め取り、亀頭にしゃぶり付いてきたのだ。

「アアッ……！」

無三は夢のような快楽に喘ぎ、ファーストキスより先に体験したフェラチオにガクガクと全身を震わせた。

真希子もチロチロと舌を蠢《うごめ》かせながら亀頭を刺激し、丸く開いた口でスッポリと喉の奥まで呑み込んでいった。

熱い息が股間に籠もり、しなやかな指先はサワサワと陰嚢をくすぐり、形良い唇が幹を丸く締め付けて、内部ではクチュクチュと舌がからみついた。

「い、いっちゃう……！」

無三は溶けてしまいそうな快感に口走り、激しく絶頂を迫らせた。

しかし警告を発しても、真希子は口を離さず、さらに顔を小刻みに上下させてスポスポと濡れた口で強烈な摩擦を開始してくれたのだ。

このまま口を汚して良いのだろうか。無三は思ったが、真希子は一度出して良いと言ったのだ。

もう堪らず、彼も無意識にズンズンと股間を突き上げながら、あっという間にオルガスムスの快感に全身を貫かれてしまった。

「いく……、あぁッ……！」

喘ぐと同時に、熱い大量のザーメンがドクンドクンと勢いよくほとばしり、美人妻の喉の奥を直撃した。

「ク……、ンン……」

噴出を受け止めながら彼女が小さく鼻を鳴らし、さらに上気した頬をすぼめて吸い付いてくれた。

何という快感だろう。舌の蠢きや吸引などの、ペニスに感じる快感以上に、長年憧れていた真希子の口を汚すという禁断の思いが無三の全身を震わせ、心臓を高鳴らせた。

しかし彼女が強く吸い出してくれるものだから、脈打つようなリズムが無視され、ペニスがストローと化し陰嚢から直に吸われる感じが強く、汚すというより彼女の意思で貪られているのだった。

「ああ……」

無三は、魂まで吸い取られる思いで喘ぎ、たちまち最後の一滴まで絞り尽くしてしまった。

噴出が止んで彼がグッタリとなると、真希子も吸引を止め、亀頭を含んだまま口に溜まった大量のザーメンを、ゴクリと一息に飲み干してくれたのだった。

「く……」

喉の鳴る音とともに口腔がキュッと締まり、無三は駄目押しの快感に呻いて腰を浮かせた。

ようやく真希子もスポンと口を引き離し、なおもしごくように幹を握り、尿道口に脹《ふく》らむ余りの雫まで丁寧に舐め取ってくれた。

「ど、どうか、もう……」

無三は降参するように身悶えて言い、射精直後の亀頭をヒクヒクと過敏に震わせた。

ようやく真希子も顔を上げ、淫らにチロリと舌なめずりすると、添い寝してきてくれ、無三も甘えるように腕枕してもらった。

「すごい勢いだったわ。若いから、濃くて多いのね……」

真希子が囁き、彼の坊主頭を撫でてくれた。

無三はうっとりと肌を密着させ、真希子の熟れた体臭に包まれながら余韻《よいん》に浸ったが、荒い呼吸と動悸《どうき》がいつまでも治まらなかった。

4

「さあ、少し休んだら私を好きにしていいわ……」

真希子が熱い息で囁いた。吐息にザーメンの生臭い匂いは残っておらず、白粉のように甘い刺激が含まれ、無三はうっとりと嗅ぎながら、目の前の巨乳に手を這わせていった。

（何て、大きい……）

無三は萎える暇もなく、真希子の生ぬるく甘ったるい体臭に包まれながら、メロンほどもある膨らみを観察した。

乳首と乳輪は綺麗な桜色で、乳首はツンと突き立っていた。

顔を寄せてチュッと含み、もう片方の膨らみを揉みながら舌で転がすと、

「アア……」

真希子がビクッと顔を仰け反らせて喘ぎ、彼の顔をきつく抱きすくめてきた。

「むぐ……」

無三は顔中が搗《つ》きたての餅のような柔らかな膨らみに埋まり込み、心地よい窒息感に包まれて呻いた。

ほんのり汗ばんだ谷間や腋《わき》からは、生ぬるく甘ったるい匂いが漂い、その刺激が胸に沁み込むと、ペニスにも心地よく伝わり、たちまち彼自身は元の硬さと大きさを取り戻してしまった。

やがて両腕を緩めて真希子が仰向けの受け身体勢になると、無三ものしかかって、もう片方の乳首を含んで舐め回した。

「ああ、いい気持ちよ……」

彼女も熱く喘ぎ、熟れ肌をヒクヒクと艶めかしく震わせながら無三の頭を撫で回した。

やはり、真希子も相当な緊張と興奮を覚えているようだ。

毎日母屋を覗いているから分かるが、昼間に男が入って来たことなど一度もないし、多くの住人がいるから彼女も年中在宅している。

だから浮気などしたこともなく、まして十九か二十歳の学生結婚だったようだから亭主以外の男は知らないのかも知れない。

そして肉体が充分に熟れて感度も良くなっているのに、亭主が最も忙しく留守がちな時期に入っているから、その欲求は無三に匹敵するぐらい大きかったのではないだろうか。

無三は左右の乳首を充分に味わってから、さらに彼女の腕を差し上げ、腋の下に鼻と口を埋め込んでいった。

「アア、恥ずかしいわ……」

無三がことさら犬のようにクンクン鼻を鳴らして嗅ぐので、真希子が羞恥《しゅうち》に身悶えて喘いだ。

そこはジットリと生ぬるい汗に湿り、甘ったるい匂いが濃く籠もっていた。

無三はスベスベの腋を舐め回し、熟れた体臭に噎《む》せ返った。

そのまま滑らかな脇腹を舐め下り、腹の真ん中に移動し、あんパンのように形良い臍《へそ》を舐めた。

肌がピンと張り詰めた腹部に顔中を押し付けると、何とも心地よい弾力が返ってきた。そして彼は下腹から腰、ムッチリとした太腿に舌を這わせ、脚を舐め下りていった。

本当は早く股間を見たり舐めたりしたいが、それをするとすぐ入れたくなり、あっという間に済んでしまうだろう。せっかく一回目を飲んでもらったのだからここはじっくりと憧れの女体を隅々まで観察し、肝心な部分は最後に取っておこうと思った。

左右の太腿を舐め、丸い膝小僧を軽く噛み、滑らかな脛をたどって足首まで下りた。

そして足裏に回り込んで顔を押し付け、硬い踵と柔らかな土踏まずを舐め、縮こまった指の間に鼻を割り込ませて嗅いだ。

そこは汗と脂にジットリ湿り、生ぬるくムレムレになった匂いが悩ましく籠もっていた。

充分に蒸れた匂いを嗅いでから爪先にしゃぶり付き、桜色の爪を舐め、順々に指の間にヌルッと舌を割り込ませて味わうと、

「あう……、ダメ、汚いわ……」

真希子が呻き、彼の口の中で唾液にまみれた指を縮め、キュッと舌を挟み付けてきた。

無三は全ての指の間を味わい、もう片方の爪先もしゃぶって味と匂いが薄れるほど貪り尽くしてしまった。

「腹這いになって」

いったん顔を上げて言うと、真希子も素直にゴロリとうつ伏せになった。

無三は再び屈み込んで、彼女の踵からアキレス腱、脹ら脛を舐め上げ、汗ばんだヒカガミから太腿、白く豊満な尻の丸みを舌でたどっていった。

腰から滑らかな背中を舐めると、淡い汗の味がした。

肩まで行ってセミロングの髪に顔を埋めて甘い匂いを嗅ぎ、さらに耳の裏側も嗅いで舐め、再びうなじから背中を舐め下りていった。

たまに脇腹に寄り道し、軽く歯を立てて肌の弾力を味わい、また豊かな尻に戻ってきた。

うつ伏せのまま脚を開かせ、その間に腹這い、尻に顔を寄せて指でムッチリと広げた。まるで巨大な搗きたての餅を二つにするような感触だ。

谷間の奥には、薄桃色の可憐な蕾《つぼみ》が細かな襞《ひだ》をキュッと閉じていた。単なる排泄器官が、なぜこんなに美しくなければいけないのだろう。

無三は見惚れてから鼻を埋め込み、籠もる匂いを嗅いだ。淡い汗の匂いに混じり、秘めやかな微香が胸に沁み込んできた。

嗅いでいると、ひんやりした双丘が顔中に密着し、舌を這わせるとヒクヒクと襞が震えた。

濡らしてから舌を潜り込ませると、ヌルッとした滑らかな粘膜に触れた。

「あう……、ダメ……！」

真希子が顔を伏せたまま呻き、キュッときつく肛門で舌先を締め付けてきた。

無三は内部で舌を蠢かせ、ようやく引き抜いて顔を上げた。

「どうか、もう一度仰向けに」

言うと、真希子も息を弾ませながら仰向けになってきた。彼は片方の脚をくぐり抜け、開かれた股間に顔を割り込ませた。

白くムッチリした内腿を舐め上げると、中心部から熱気と湿り気が漂った。

（とうとうここまで辿り着いた……！）

無三は思い、いよいよ女体の神秘の部分に目を凝らした。

色白の肌が下腹から股間に続き、ふっくらとした丘には黒々と艶《つや》のある恥毛が程よい範囲にふんわりと茂っていた。

肉づきが良く丸みを帯びた割れ目からは、興奮で濃いピンクに色づいた花弁がはみ出し、溢れた蜜が陰唇《いんしん》と内腿に糸を引いていた。

「すごい濡れてる……」

言いながら指で陰唇を左右に広げると、

「アアッ……！」

触れられた刺激と羞恥に真希子が声を上げ、下腹をヒクヒクと波打たせた。

中も綺麗なピンクの柔肉で、ヌメヌメと大量の愛液に潤っていた。

下の方には、かつて真穂が生まれ出てきた膣口が襞を入り組ませて息づき、ポツンとした小さな尿道口の小穴も確認できた。

そして包皮の上の方には、真珠色のクリトリスがツンと突き立ち、よく見ると男の亀頭をミニチュアにしたような形をしていた。

ほぼ、裏ネットで見た女性器と同じだが、やはりナマの興奮は大きかった。

「そ、そんなに見ないで……」

彼の熱い視線と息を感じ、真希子が声を震わせて言った。

もう我慢できず、無三は吸い寄せられるように、真希子の中心部にギュッと顔を埋め込んでいった。

柔らかな恥毛に鼻を擦りつけて嗅ぐと、隅々には腋の下に似た甘ったるい汗の匂いが濃厚に籠もり、それにうっすらと残尿臭の刺激も入り混じり、悩ましく鼻腔を掻き回してきた。

「いい匂い」

「あッ……！」

思わず股間から言うと、また真希子は激しい羞恥に声を洩らし、キュッときつく内腿で彼の両頰を挟み付けてきた。

無三はもがく腰を抱え込んで押さえ、舌を這わせはじめた。

陰唇の表面は、汗かオシッコか判然としない微妙な味わいがあり、中に潜り込ませると、淡い酸味のヌメリが感じられた。

これが愛液の味なのだろうと思い、舌先で膣口の襞をクチュクチュ搔き回し、クリトリスまで舐め上げていった。

「アアッ……！」

真希子が喘ぎ、身を弓なりにさせながら内腿に力を込め、愛液の量も格段に増してきた。

やはりクリトリスが最も感じるのだろう。彼も、自分のような未熟な愛撫で熟女が感じてくれるのが嬉しく、熱を込めて舐め回し、上唇《じょうしん》で包皮を剝いて吸い付いた。

愛撫しながら見上げると、茂みの向こうで熟れ肌が息づき、巨乳の間から色っぽい表情で喘ぎ、仰け反る顔が見えた。ここからの眺めをどれほど夢見てきたことだろうか。

無三はクリトリスを舐め回しては、溢れる愛液をすすった。

「も、もうダメ……、入れて、お願い……」

真希子が激しく身悶え、声を上ずらせてせがんできた。

もちろん無三も、さっきの射精など無かったかのように、ペニスは待ちきれないほど張り詰めていた。

身を起こして股間を進めると、急角度にそそり立った幹に指を添えて下向きにさせ、先端を濡れた割れ目に押し付けていった。

「ああ、もう少し下……、そう、そこよ、来て……」

少し迷っていると、真希子が腰を浮かせて言い、誘導してくれた。

そして股間を押しつけると、張りつめた亀頭がズブリと温かく濡れた穴に潜り込み、あとはさして力など入れなくても、ヌルヌルッと滑らかに根元まで吸い込まれていったのだった。

5

「アア……、いいわ、奥まで当たる……」

無三が股間を密着させると、真希子が顔を仰け反らせて喘いだ。

そして下から両手を回して抱き寄せてきたので、無三も抜けないよう気をつけながら脚を伸ばし、身を重ねていった。

彼は初体験の温もりと感触を味わいながら、まだ腰を動かさなかった。

それにしても挿入時の肉襞の摩擦は大きな快感で、もしさっき彼女の口に出していなかったら、入れた途端に漏らしていたことだろう。

（とうとう童貞を捨てたんだ……！）

無三は感激と快感に包まれながら思った。

やはり童貞喪失というのは、真面目に生きていれば神様のご褒美のように、ある日突然巡ってくるものなのだろう。

しかし、こんなにすんなりいくものだったら、もっと早くチャンスはなかったものだろうかと思った。

(いや、今日がお互いの旬だったのだ)

無三は思い、口に出してもらうのも大きな快感だったが、やはりこうして男女が一つになり、快感を分かち合うことが最高なのだと実感した。

すると真希子が待ちきれないように、下からしがみつきながらズンズンと股間を突き上げてきたのだ。

「ああ……、突いて、強く奥まで……」

真希子が激しく腰を跳ね上げながら言うので、無三もぎこちなく股間を前後させはじめた。

しかし下からの突き上げが激しく、角度も一致していないし、乗っていたら重いだろうと思うとなかなかリズムが合わなかった。

そして引いた拍子に、ヌルリと抜け落ちてしまったのである。

「す、すみません。真希子さんが上になってもらっていいですか……」

無三は謝りながら言うと、彼女が身を起こしてきたので、入れ替わりに仰向けになった。

真希子は自身の愛液にまみれているのも構わず亀頭をしゃぶり、硬度を確かめながらヌメリを補充すると、すぐに跨がってきた。

先端を濡れた割れ目に押し付け、位置を定めると息を詰め、感触を味わいながらゆっくり腰を沈み込ませた。

「アアッ……！」

顔を仰け反らせて喘ぎ、真希子は再び深々と受け入れながら完全に座り込み、密着した股間をグリグリと擦りつけてきた。

そして身を重ね、緩やかに腰を遣いながら、上からピッタリと唇を重ねてくれたのだ。

（うわ、互いの全身をどこもかしこも舐め合ったあと、ファーストキスが最後になっちゃった……）

無三は思い、あらためてキスした感激に包み込まれ、密着する唇の柔らかな感触と唾液の湿り気を味わった。

「ンン……」

真希子は熱く鼻を鳴らし、ヌルリと舌を潜り込ませてきた。

無三も口を開いて受け入れ、滑らかに蠢く舌を舐め回し、生温かな唾液のヌメリを堪能した。

舌をからめながら、下から両手を回してしがみつき、彼女の動きに合わせて股間を突き上げはじめた。

すると今度は自分の巨体が仰向けで固定されているため、角度も合って動きが滑らかになり、次第にリズミカルに動けるようになった。

「ああッ……、いいわ……」

真希子が苦しげに口を離して仰け反り、淫らに唾液の糸で互いの唇を結びながら喘いだ。

開いた口に鼻を押しつけて嗅ぐと、白粉臭の吐息が悩ましく鼻腔を湿らせ、その刺激が胸に沁み込んでペニスに伝わっていった。

無三は美熟女の息の匂いに酔いしれ、次第に激しく股間を突き上げながら、急激に絶頂を迫らせていった。

「い、いきそう……」

「待って、もう少し……」

無三が弱音を吐くと、真希子は大きな波を待ちながら口走り、股間をしゃくり上げるように動かしてきた。恥毛が擦れ合い、コリコリした恥骨の膨らみも下腹部に押し付けられた。

いよいよ危うくなった無三が限界に達すると、

「い、いっちゃう……、アアーッ……！」

辛うじて真希子の方が、先にオルガスムスに達して喘いだ。

彼女はガクンガクンと狂おしく熟れ肌を痙攣《けいれん》させ、同時に膣内の収縮も活発にさせた。

「く……！」

その絶頂の渦に巻き込まれ、続いて無三も昇り詰めて呻いた。

ありったけの熱いザーメンをドクドクと柔肉の奥にほとばしらせ、大きな快感に全身を貫かれた。

「あう、熱いわ、もっと……！」

噴出を感じたように真希子が声を上ずらせ、内部に満ちるザーメンを飲み込むようにキュッキュッと締め付けてきた。

何という快感だろう。やはり膣内というのは、ペニスにとって最適の居場所なのだと心から思った。

肉襞の摩擦と温もりを味わいながら激しく抽送《ちゅうそう》し続け、無三は心置きなく最後の一滴まで出し尽くしていった。

すっかり満足しながら徐々に突き上げを弱め、身を投げ出していくと、

「アア……、良かったわ、すごく……」

真希子も満足げに声を洩らし、熟れ肌の強ばりを解いてグッタリと彼にもたれかかってきた。

まだ膣内は名残惜しげな収縮を繰り返し、刺激されるたびペニスが過敏に反応して内部でピクンと跳ね上がった。

「あう……」

真希子も感じすぎたように呻き、さらにキュッときつく締め上げてきた。

やはりオルガスムス直後は、女体も射精直後の亀頭のように全身が敏感になっているようだった。

無三は美熟女の重みと温もりを受け止め、熱く甘い吐息を間近に嗅ぎながら、うっとりと快感の余韻に浸り込んでいった。

「こんなに感じたの初めてよ……」

真希子が、荒い息遣いを繰り返しながら囁いた。

「本当？」

「ええ、とっても上手よ。初めての体験はどうだった？」

「良すぎて、夢見心地です。一生、真希子さんの手ほどきを忘れません……」

無三は答え、童貞を卒業した感激に包まれながら呼吸を整えた。

「これからも、どうかさせて下さい。お願いします」

「ええ、でも他の人の目があるから、私がいいと言うときだけよ」

拝むように言うと、真希子が答えた。

「分かりました。自分から図々しく求めないので、真希子さんがしたくなったらいつでも言ってきて下さい」

無三が答えると、ようやく真希子もそろそろと股間を引き離し、ゴロリと横になった。

「力が入らないわ……。先にお風呂に行ってらっしゃい……」

真希子は言いながら枕元のティッシュを取り、割れ目を拭った。やはり久々だったらしく、相当に良かったようだ。

「いいえ、真希子さんの残り香を感じながら帰りますので」

無三は言い、自分もティッシュを手にしてペニスを拭き清めた。

「そう、いいわ。じゃ服を着たら私をバスルームへ連れて行って」

言われて、ようやく無三は起き上がり、身繕いをした。そしてフラつく彼女を起こし、支えながら寝室を出た。

「じゃここで……」

彼女を脱衣室に入れると、無三は言って、もらった酒や食材を抱えて勝手口を出た。

そのままアパートの自分の部屋に戻り、万年床に仰向けになった。

まだ鼻腔には真希子の匂いが感じられ、全身の隅々に感触も残っていた。

「とうとう体験したんだ。出来るときは出来るんだなあ。これも日頃の行いの良い美青年だから、神様がチャンスを与えてくれたんだ」

余韻を嚙み締めて呟き、大きく伸びをした。

そして身を起こし、もらったばかりの一升瓶を開け、茶碗に注いで飲んで祝杯を挙げた。早めの昼飯代わりに味付け海苔と佃煮も開け、貪り食いながら真希子との出来事を一つ一つ思い出した。

「ああ、また勃《た》ってきてしまったぞ。でも今日は、もうさせてくれないだろうなあ……」

無三は思い、今ごろは湯に浸かっているであろう真希子の熟れ肌を思った。

そして今度は真希子に、あれもしようこれも試そうと考えながら、酔いと興奮でフラフラになってしまったのだった。

第二章　美人モデルは憧れの君

1

「むーさん、大変だ。モデルの梶尾美佐子《かじおみさこ》が来た。こんなボロアパートに」

翌日、無三が執筆を一段落させて昼寝していると、隣室の演劇学科の男が飛び込んできて言った。

「ああ……？」

「しかも、むーさんを訪ねて来たんだ」

「そう、じゃ通して」

「し、知り合いなの？」

無三が身を起こして言うと、彼は目を丸くして硬直し、やがてすぐに部屋を出て玄関へ行った。

無三は伸びをして、タバコを一服し、そこらに散らばっているエロ本を部屋の隅に寄せた。

　すると、開け放たれた戸の外で、

「どうも有難う」

　と、案内してくれた彼に言う澄んだ声が聞こえ、美佐子が入って来た。

　颯爽《さっそう》たる長身のスーツ姿で、ショートカットの美女が室内を見回し、戸を閉めて胡座《あぐら》をかいた。

「美佐姉、お久しぶり。またずいぶん綺麗になったね」

「むー、いつまでこんな部屋でくすぶっている」

　無三が言うと、美佐子は室内に籠もる男の匂いとタバコの煙に顔をしかめて言った。

　美佐子は、無三より二つ上の二十五歳。家は湘南で、幼い頃から無三の父親が経営する無心館に通い、剣道を修行していた。

　実は無三が嫌々ながら稽古を続けていたのも、この美しい美佐子が来ていたからなのだ。そして彼女が大学の音楽学科に入ったので、無三も後を追うように一浪して芸術学部に入学したのである。

　美佐子は声楽コースだったが、剣道部も続けて今は五段。

歌姫でありながら剣道の試合でも好成績を残し、それを注目され、長身の美貌もあってモデルになった。

そして噂では、女優として初の準ヒロインの座を射止め、主題歌も彼女が歌うという企画が出ているようだった。

もちろん無三も、憧れていた美佐子の活躍には注目し、モデルを務めた雑誌も買ってオナニーしていた。

それでも会うのは、去年の道場の鏡開き以来だからちょうど一年ぶり。無三はこの正月には帰省していない。

学生時代に彼氏がいたようだから処女ではない。しかし今は芸能活動が忙しいので別れ、身辺は綺麗にしているだろう。

凜然《りんぜん》と男言葉を使うボーイッシュな美女だが、さすがに室内には女らしい甘い匂いが立ち籠めはじめた。

「で、用は何？　いよいよ僕の童貞をもらってくれる決心がついた？」

無三は股間を熱くさせ、無垢なふりをして言った。

「馬鹿な！　一緒に来てほしい」

「どこへ？　美佐姉のマンション？」

「スタジオだ。今度の映画は時代劇なので、居合の監修をしてほしい。会社からの謝礼は僅かだが、私が上乗せする」

美佐子が言う。

彼女は剣道ばかりだったので、居合道は経験していない。そのてん無三は、剣道と違って相手と戦わずマイペースで行える居合だけは、父親の師範も舌を巻く腕前だったのである。

美佐子は、知り合いに居合の達者がいるとプロデューサーに言い、適当な人材がいなかったこともあり無三を呼ぶことになったらしい。

「うん、仕事も終わったところだし、美佐姉のためならどこでも行く」

「外に車を待たせてある」

無三が言うと、すぐ美佐子は立ち上がって尻の埃を叩いて部屋を出た。

すると、何人かの住人が廊下で様子を窺っていた。

「す、すみません。あの、今度来たときサイン下さい……」

「あの、握手を……」

連中が言うのを美佐子は笑顔で答え、嫌がらず握手してやった。

「わあ、嬉しい」

「こらこら、汚い手で触るな」

喜ぶ連中の手を、続いて無三が握りしめて回った。

「わあ、汚い。せんずり男の手だ……！」

連中は悲鳴を上げて逃げ、美佐子と無三はアパートを出た。無三は相変わらず汚いジャージ上下に下駄。羽織った薄手のブルゾンにはタバコと百円ライター、なけなしの金の入った財布が入っている。

前の通りには、ロケ用の白いミニバンが停まっていた。

無三が美佐子と一緒に後部シートに乗り込むと、乗っているのは運転手の女性だけ。

車内には、女性の甘い匂いが生ぬるく籠もっていた。

「よろしく、マネージャーの安西《あんざい》です」

三十歳前後らしいボブカットの運転手の彼女が振り返って言い、無三に名刺を渡してきた。

それには安西早苗《さなえ》とあり、スッピンだが健康美があり、やはり体育会系らしく根性のありそうな筋肉質体型をしていた。

将来を期待されているが、美佐子はまだ駆け出しである。

だから付き人もなく、マネージャーがスケジュール管理から運転手、あるいはメイクなども一手に引き受けているようだった。

やがて発車し、無三は久しぶりに会った美佐子の横顔に見惚れ、ほんのり漂う甘い匂いに酔いしれながら手を握っては、拒む美佐子に激しく叩かれたりしていた。

三十分ほど走って、車は都内のスタジオに入った。

中には何人かのスタッフがいて、無三に挨拶してきた。

「あなたが、美佐子さんの言う居合の達人ですか……」

みな、無三の巨漢と坊主頭が意外だったようだが、すぐに説明に入った。

「立ち回りは、銀紙を貼った竹光で行うのですが、ワンショットだけ、美佐子さんが居合で二本の蠟燭《ろうそく》の火を消すシーンがあります。そこだけ本身でやりたいのですが」

「なるほど、美佐姉は剣道の達人だから刀も扱えるだろうという見せ場ですね。何と安易な。竹刀《しない》と刀は全然違うのに」

「まあまあ、素人には剣道が出来れば刀も使えると思うものです」

スタッフは言い、真剣を持ってきた。そして畳敷きのセットに、燭台に立った二本の百目蠟燭に火が点けられた。

無三は刀を受け取り、一礼して抜き放った。

「二尺三寸ほどか。美佐姉には短いかも知れないけど、いいでしょう」

無三は言いながらピュッと一振りくれて、くるりと回転させて逆手で素早く納刀した。

「す、すごい……」

その鮮やかさに、一同が瞬時に無三を見直したようだ。

美佐子も、自分が紹介した男が見事な手並みを見せて満足げだった。

「美佐子さんは男装の武芸者。この座敷で敵の気配を察知して刀を腰に帯び、素早く二本の灯りを消すというシーンです」

「分かりました。一度やってみましょう。帯を」

言われて無三はブルゾンを脱ぎ、借りた兵児帯《へこおび》をジャージの上から締め、刀を差した。

美佐子の立ち回りの時には専門の殺陣師《たてし》がつくのだろうが、一人の居合のシーンだけ無三が呼ばれたらしい。

「刀を帯びて、立て膝になったところからお願いします」

スタッフが言い、無三は下駄を脱いで畳に上がり、指定された位置に座って右膝を立てた。

蠟燭は、右手前と左奥に立っている。

無三は鯉口《こいぐち》を斬り、右手を柄《つか》にかけて周囲を窺った。

「む、敵か……」

「いや、台詞や演技は結構ですので」

「あ、そう、残念。演劇学科だったんだけどね」

無三は言い、やがて唇を引き締めて抜刀した。そして右の蠟燭の芯を斬って灯を消し、踏み込みながら返す刀で左奥の灯も見事に消し、音も無く素早く納刀していた。

「う……」

みな息を呑み、しばらく硬直していた。

すると美佐子が拍手をし、皆の緊張が解けた。

「す、素晴らしい……、でも納刀は不要です。真剣なので美佐子さんの指が心配ですし、二本目を消した途端真っ暗になりますので」

スタッフが言うと、すぐに美佐子が更衣室へ着替えに行った。

どうやら美佐子には、合成やトリックを使わず、実際に二本の蠟燭の灯を消させるらしい。

すると早苗が飲み物を持って来てくれ、無三は一服しながら待った。

やがて、女武芸者の衣装に身を包んだ美佐子が入って来た。

2

「わあ、綺麗だ。凛々しいね、美佐姉」

無三は見惚れて言った。

美佐子は、まだメイクはしていないが長い髪を束ねたカツラをかぶり、絢爛《けんらん》たる着物に裁着袴《たっつけばかま》、脇差を帯びて足袋《たび》を穿いたスタイルだ。

正に剣術の強そうな、男装の麗人である。

「むー、段取りを教えて」

美佐子が畳に上がって言った。

まだ蠟燭は無しで、型だけ覚えようとするようだ。

「霞という技の応用。どちらも水平に斬る技だから、まずは右に斬りつけて、手のひらを上に向けるようにして進みながら左を斬る」

無三が一度やって見せると、美佐子も模擬刀でそれに倣った。

「刃は二回とも水平で同じ高さ。もっと鞘《さや》引きをして胸を張る」

無三は注意しながら、何度も繰り返させた。

さすがに勘も良いので、美佐子の形も様になってきた。

あとは彼女に合わせ、燭台の高さを調整してもらうのが良いだろう。

「じゃ、実際に本身を振ってみて」

無三が言うと、美佐子は自分の模擬刀と真剣を差し替えて、同じように抜きつけの稽古を繰り返した。

「重いでしょう」

「ああ、やはり違う……」

美佐子は、うっすらと額に汗を滲ませて答えた。やはり切れない模擬刀と真剣では、重さ以上に緊張が伴う。

無三は椅子に座って眺め、いちいち指摘し、美佐子も根性を見せて熱心に繰り返した。

「美佐子さん、少し休んだら」

「いえ、大丈夫です」

スタッフに言われても、美佐子は何度も抜きつけては、注意深く刀を納め、また抜き放った。

「いいでしょう。では実際に灯を点けて。最初は手前の一本だけ」

無三も、美佐子の急激な上達ぶりに感心しながら提案した。

するとスタッフも、斬りやすいよう芯を多めに引っ張り出して一本だけ蠟燭に火を点けた。

さらに無三は、高さも調整し、美佐子の肩の位置に合わせた。

そして身構えると、美佐子は刀を抜きつけた。しかし刃は灯の上をかすめただけだ。やはり百目蠟燭はそう何本もないから、本体を斬らぬよう気を遣ったのだろう。

「もっと遠間から素早く。一番切れるのは物打ちだから、なるべく切っ先に近い部分で斬るように」

「はい……」

無三が言うと、いつしか美佐子も師に対する礼を取りはじめて答えた。

そして美佐子が繰り返すうち、やがて芯を切り、ふっと灯が消えた。

「わあ、やった……」

スタッフたちが声を上げて拍手した。

「じゃもう一本も加えて。いや、本番を撮ってしまおう。じゃメイクを」

連中はカメラを用意しはじめた。

うまくいったところを収めてしまえば早い。昔は失敗分のフィルムが勿体なかったが、今はビデオだから何度でも繰り返し撮って良いのを使える。むしろ本番として緊張させるより、練習中に良いショットが撮れれば、それを使おうというのだろう。

「ね、このスタジオにシャワールームある？」

「ありますけど」

無三がメイクの準備にかかった早苗に訊くと、彼女は答えた。

「銭湯に行くの面倒だから、美佐姉が準備してる間に使わせて。タオルある？」

「はい」

早苗は呆れたように言い、すぐタオルを一枚出してくれ、彼をシャワールームに案内してくれた。

無三はジャージ上下と下着を脱ぎ、そこにあった赤い歯ブラシも借り、シャワーを浴びながら歯を磨いた。赤い歯ブラシだから、美佐子か早苗のもので、男のスタッフのものではないだろうと思ったのだ。

そしてボディソープで頭から爪先、特に股間の前後は念入りに洗い、口をすすいで放尿までして洗い流した。

身体を拭いて歯ブラシを戻し、身繕いしてメガネをかけた。

するとその間に、美佐子も手早くメイクを終え、畳の敷かれた部屋のセットと照明も完了していた。

もともと薄暗い場面だし、女武芸者だから念入りなメイクも必要なかったのだろう。

「では始めましょうか。全て本番のつもりで、二本とも消すことが出来ても表情を変えたりしないように」

「はい、お願いします」

スタッフの言葉に美佐子は頷き、畳に上がった。

無三も声を出さないよう注意され、早苗と並んで遠くから見守った。

「では、自分の呼吸でスタートしてください」

言われて美佐子は頷き、二本の蠟燭の間に座した。腰には脇差だけ。

そして彼女は演技から入り、外の気配にハッと気づいて刀架《とうか》から刀を取り、手早く左腰に帯びた。そのまま身構えて抜刀し、一本目の蠟燭の芯を斬って消し、返す刀で左手の蠟燭まで斬り消してしまったのだ。

（わあ、一回目で両方斬った……！）

無三は、思わず声を上げそうになり、本番に強い美佐子の強運に感嘆した。

「ＯＫ！　素晴らしい！」

間を置いてスタッフたちが言って拍手し、すぐモニターの確認にかかった。

「大丈夫、良く撮れてます！」

何人かが画像を確認し、安心したように言うと場内から一気に緊張が解けて和やかな雰囲気になった。

「お疲れ様でした」

スタッフが言うと、ようやく美佐子もほっとしたように力を抜き、微かに震える手で納刀して刀を返した。

「むー、有難う」

「いえ、美佐姉の実力でしょう」

「早苗さん、彼を送って下さるかしら」

美佐子は言うと更衣室に戻り、無三は早苗と一緒にスタジオを出た。

もう外はすっかり暗くなっている。

今度は二人だけで車に乗り、早苗がアパートに向かってくれた。

「でもねえ、敵が迫ってきたのなら危険なことしないで、灯を吹き消す方が早いんだけどねえ」

車に揺られながら、無三は言った。

「それを言ったら身も蓋もないです。美佐子さんの大切な見せ場ですから」

「まあ、そうだね」

「それと居合指導ということで、月影さんの名前もエンドロールに載せていいですか」

「いいけど、あんな短い時間なのに」

「少しでも多くの協力者の名があった方が、映画に箔がつきますから」

早苗は言い、やがて無三をアパートに送り届けると、すぐに引き返し走り去っていった。

「美佐姉、カッコ良かったなあ……」

部屋に戻った無三は美佐子を思い出して言い、雑誌のグラビアを見ながらオナニーしようとした。

しかし腹が減ったので夕食にし、インスタントラーメンを作って真希子にもらった食材もぶち込んで食った。

そして洗い物を済ませ、トイレに入ってから自室に戻り、さあ抜こうと思ったとき、いきなり戸がノックされたのだ。

「開いてるよ。サインなんかもらってこなかったからな」

どうせ隣室の男だろうと思って答えたが、入って来たのは美佐子だった。

「え……？　美佐姉……」

無三は目を見開き、夢じゃないかと頬をつねった。

「あれからミーティングをして、それで解散になったの。送ってもらった早苗さんにはたしなめられたけど、幼馴染みで姉弟みたいなものだと言って納得してもらったわ」

美佐子は言い、スーツを脱いで座った。

「あらためてお礼を言うわ。一発でうまくいったのは、むーのおかげ」

「ううん、美佐姉の力でしょう」

「いいえ、とにかく側にいてくれて安心した。今夜はここに泊めてもらうわ」

「ええっ……？」

言われて無三は驚き、また自分の頬をつねったのだった。

3

「実は本番のとき、神様と約束したの。一発で二本の火を消してＯＫが出たら、むーに何をされても構わないって」

美佐子が、じっと無三を見つめながら言った。

「そ、そんな大変な約束をしなくたって、何度目かには出来たと思うんだけどなあ……」

「童貞を捨てたがっていたのでしょう？」

「う、うん……、本当にいいの。何でも好きにして……」

「いいわ。前から言い寄られていたけど、今日久しぶりに会ったときから、してもいいかなと思いはじめたの」

「わあ……！」

もう童貞ではないが、幼い頃から知っている憧れの美佐子を自由に出来るのなら、もう明日の夜明けを待たずに死んでも良いとさえ思った。

「じゃ、急いでシャワーを浴びてくるから、他の部屋の子に見られないように見張って」

「ここにはシャワーもお風呂もないんだよ」

「そ、そんなアパートが現代にあるの……？」

彼が言うと、美佐子はビクリと身じろぎ、急に後悔しはじめたようだ。

「それなら、スタジオで浴びてくれば良かった。着替えをして、ミーティング中にロケ弁を食べて急いで来たものだから……」

「でも、ナマの匂いがする方が嬉しいから、このままでいい。中学生の頃から、美佐姉の稽古着の汗の匂いで抜いていたし」

「バカ……、じゃせめて歯ぐらい磨かせて……」

「ダメ、自然のままがいい。それよりスタジオの洗面台にあった赤い歯ブラシは美佐姉の？」

「あれは、さっきいたスタッフのおじさんのもの。ラッキーカラーが赤だって」

「ぐええ……、使っちゃったあ……」

無三は胸を押さえて言い、それでも美佐子への期待に激しく股間が熱くなってきた。

「と、とにかく脱ごう。僕はさっき綺麗にしたから安心して」

「でも……」

「さあ、神様との約束は、人として守らなければ」

無三は灯りを消し、枕元のスタンドだけ点けてジャージ上下と下着を脱ぎ去ると、たちまち全裸になって横たわった。

美佐子も諦めたように小さく嘆息すると、ブラウスのボタンを外して脱ぎはじめた。

「あ、これ私の載っている雑誌……」

ブラウスを置くとき、美佐子が気づいて言った。

「うん、載ったものは全部持ってる。今日も、それ見て抜こうと思っていたところなの」

「じゃ、それ見て自分で済ませなさい。私が見ていてあげるから」

「いやだあ。せっかく生身がいるのに」

「大きな声出さないで。隣に聞かれるわ」

「たぶん銭湯にでも行ってると思う。それとも耳を澄ませているのかも」

無三が言うと、美佐子はビクリと壁を見て、また黙々と脱ぎはじめていった。

スカートを脱ぎ、パンストを引き下ろしていくと、薄皮を剝くようにスラリとした滑らかな脚が露わになっていった。

「ねえ、最後に男とエッチしたのいつ？」

「そんなこと訊かないで。半年以上前だわ」

横になったまま訊くと、美佐子が答えた。

さすがに脚が長く、しかも剣道で鍛えているから姿勢も安定していた。

ブラとショーツは黒。まずはブラを脱ぎ去ると、それほど大きくはないが、形良く張りのありそうなオッパイとピンク色した乳首と乳輪が見えた。

さらに屈み込み、ショーツを脱ぐと股間の翳《かげ》りが見え、彼女も一糸まとわぬ姿になった。

「ね、単なるエッチじゃなく、何でも好きにしていいって言ったよね」

「え、ええ……、どんなこと……」

「ずっと美佐姉を思って妄想してきたことがあるの。それを叶えて欲しいから、こっちに来てここに立って」

「こう……？」

美佐子も覚悟を決めて、言われるまま彼の顔の横に立った。

「足を僕の顔に乗せて」

「まあ、なぜそんなことを……」

「カッコ良くて強い美佐姉に、踏まれてみたかったから」

無三は勃起したペニスをヒクヒクさせながらせがみ、彼女の足首を摑んで顔に引き寄せた。

「あん……」

足裏が彼の顔に触れると、美佐子は今までと打って変わって、女らしく可愛い声を洩らした。

長年道場の床を踏み締めていた美佐子の足裏は逞しく大きく、指もしっかりしていた。無三はほんのり生ぬるく湿った足裏を顔中に受け止め、足首を手で握って押さえつけながら、踵から土踏まずを舐め、指の間に鼻を押しつけて匂いを嗅いだ。

今日もさんざん居合の稽古をして本番までクリアしたから、指の股は汗と脂にジットリ湿り、ムレムレになった匂いが濃く沁み付いていた。

彼は美佐子の蒸れた足の匂いを胸いっぱいに嗅いでから爪先にしゃぶり付き、

指の間に舌を挿し入れて味わった。

「あう、バカ、汚いのに……」

美佐子が驚いたように呻いたが、約束を守ってか、それほど嫌ではないのか、されるままじっとしてくれていた。

舐め尽くすと足を交代してもらい、無三はそちらも味と匂いを心ゆくまで堪能し、やがて足首を摑んで顔を跨がせた。

スックと立った長身美女を真下から見上げるのは、何とも壮観だった。

逞しく長い脚が真上に伸び、股間の茂みと割れ目が僅かに見え、息づく腹と乳房、そして遥か上に、羞恥と戸惑いを浮かべて、こちらを見下ろす美しい顔があった。

「しゃがんで……」

手を握って引っ張りながら言うと、

「アア……、こんな格好するなんて……」

美佐子は熱く息を弾ませて言いながら、そろそろと和式トイレスタイルでしゃがみ込んできた。

長い脚がM字になると、脹ら脛と太腿がムッチリと張り詰め、股間の中心部が生ぬるい熱気と湿り気を含んで彼の鼻先に近々と迫ってきた。

下腹がヒクヒク息づき、引き締まった腹筋も艶めかしく浮かび上がった。

しかし肩や二の腕の筋肉は女らしい曲線に覆われて、それほど頑丈そうな印象はない。

撮影で水着なども着るため、恥毛は手入れしているのか、丘の狭い範囲にふんわりと茂っているだけだった。

割れ目からはみ出すピンクの花びらが僅かに開き、ほんのり濡れた膣口と光沢あるクリトリスが覗いていた。

指を当てて陰唇を広げると、さらに中身が丸見えになった。スタンドの灯りに照らされて、花弁状に襞の入り組む膣口と、小さな尿道口、そして小指の先ほどもあるクリトリスが舌の届く場所にあった。

「ああ、美佐姉のワレメ……」

無三は感激に目を凝らしながら、呟くように言った。いったい何万人の彼女のファンが、この部分を想像して抜いていることだろう。

真下から見ているだけで、柔肉の潤いが増してきたように思えた。

「ね、美佐姉。むー、お舐めって言って座り込んで……」

「アア……、そんなこと……」

彼が言うと、美佐子は懸命に両脚を踏ん張りながら声を震わせた。

「どうかお願い」

「む、むー、お舐め……、ああッ！」

促され、美佐子は言いながらギュッと股間を彼の顔に押し当てて喘いだ。

無三も両手で腰を抱え、柔らかな恥毛に鼻を擦りつけた。

隅々には汗とオシッコの匂いが入り混じり、悩ましく鼻腔を掻き回してきた。

「ああ……、嫌な匂いしない……？」

彼がクンクンと鼻を鳴らして嗅いでいるので、美佐子は気になって言った。

「うん、いい匂い。美佐姉の汗とオシッコの匂い」

「アアッ……」

美佐子は羞恥に熱く喘ぎ、さらに濃い匂いを揺らめかせた。

無三は何度も深呼吸して美佐子の体臭で胸を満たし、舌を這わせていった。

膣口の襞を掻き回すと、淡い酸味のヌメリが舌の動きを滑らかにさせ、そのまま柔肉をたどってクリトリスまで舐め上げた。

「ああ……、ダメ……！」

ビクッと反応しながら美佐子が喘いだ。

無三もチロチロと小刻みに弾くように舌先でクリトリスを舐め、溢れてくる蜜をすすった。

さらに尻の真下に潜り込み、顔中に双丘を受け止めながら谷間の可憐な蕾に鼻を埋め込んで嗅いだ。

やはり移動が多く、洗浄機のないトイレで用を足すこともあるのか、蕾には秘めやかな微香が悩ましく籠もっていた。無三は存分に嗅いでから舌を這わせ、襞を濡らして潜り込ませていった。

4

「あう……、嘘、ダメよ、そんなところ舐めたら……」

無三がヌルッとした滑らかな粘膜を舐めて舌を蠢かすと、美佐子が呻き、キュッと肛門で舌先を締め付けながら言った。

彼は舌を出し入れさせるように動かしてから、再び割れ目に戻っていった。

すでに陰唇の内側は大量の愛液が大洪水になり、舐めるというより飲めるほど溢れていた。

そしてクリトリスに吸い付くと、

「あう、もうダメ、やめて……」

美佐子がビクッと股間を引き離して言い、添い寝してきてしまった。

無三も彼女の下半身を堪能したので、そのまま甘えるように腕枕してもらい、胸に顔を埋めていった。

乳首を含んで吸い付き、顔中を膨らみに押し付けると、やはり柔らかさの中に張りが感じられた。

コリコリと硬くなった乳首を舌で転がして味わい、もう片方にも吸い付いて舐め回すと、

「アア……、いい気持ち……」

美佐子がうっとりと喘ぎ、彼の顔を胸に抱きすくめてくれた。

両の乳首を貪ってから、彼は美佐子の腋の下に鼻を埋め込み、汗ばんで甘ったるい匂いを嗅いだ。

「ああ、いい匂い……」

無三が言うと、美佐子はまた激しい羞恥にビクリと身を強ばらせた。

どうやら彼女が以前付き合っていた彼氏は、シャワーを浴びたあとしかセックスせず、まして爪先や肛門を舐めたりしないような、つまらないタイプだったのだろう。

「ダメよ、汗臭いでしょう……」

美佐子は言い、腕枕を解いて身を離してしまった。

「ね、今度は美佐姉が可愛がって」

「どこから、ここ？」

言うと美佐子は、屈み込んで彼の乳首を舐めてくれた。

「ああ、気持ちいい……」

無三も仰向けの受け身体勢になり、憧れの美佐子の舌の愛撫にクネクネと身悶えた。

「嚙んで……」

強い刺激を求めてせがむと、美佐子も頑丈で綺麗な歯をキュッと乳首に立ててくれた。

「あう、もっと強く……」

無三は甘美な痛みと快感に呻き、美佐子も左右の乳首を交互に舐め、歯で刺激してくれた。さらに肌を舐め下り、脇腹や下腹、内腿にも歯を食い込ませ、次第に容赦なく力を入れてきた。

「ああ……、嬉しい……」

無三は、美佐子に食べられているような快感と興奮に包まれて喘いだ。

そして彼女も、とうとう無三を大股開きにすると、その真ん中に陣取って腹這い、顔を寄せて熱い息を股間に籠もらせてきたのだ。

無三は、憧れの美佐子の熱い視線と息を感じただけで全身が震えた。

美佐子は舌を伸ばし、陰嚢をチロチロと舐め、睾丸を転がしてから、肉棒の裏側を舐め上げてきた。

「アア……、気持ちいい、美佐姉……」

無三は硬直しながら喘ぎ、美佐子の舌はとうとう滑らかに先端まで達し、尿道口から滲む粘液を舐め取ってくれた。

両手で幹を挟み、先端を舐める様子は猫科の牝が骨片でもしゃぶっているようだ。熱い息が恥毛をくすぐり、さらに彼女は亀頭を含み、根元まで吸い込んでいった。

美佐子の口の中は温かく濡れ、彼女は幹の付け根を丸く口で締め付けて吸い、内部ではチロチロと舌が蠢いた。

たちまちペニスは美女の清らかな唾液にどっぷりと温かく浸り、絶頂を迫らせてヒクヒク震えた。

「み、美佐姉、入れたい……」

無三は、このまま口に出して飲んでもらうのも良いが、やはり憧れの彼女と早く一つになりたくて言った。

すると美佐子も、彼が果てる前にチュパッと口を引き抜いた。

「跨いで、美佐姉が上に……」

言うと彼女も身を起こし、唾液にまみれたペニスに跨がってきた。

先端を濡れた膣口に押し当て、息を詰めてゆっくりしゃがみ込むと、彼自身はヌルヌルッと肉襞の摩擦を受け、滑らかに根元まで呑み込まれていった。

「アアッ……！」

美佐子が完全に座り込み、顔を仰け反らせて喘いだ。

無三も密着した股間の温もりと重みを感じ、中でヒクヒクと幹を震わせながらとうとう彼女と一つになった感激に浸った。

両手を伸ばして抱き寄せると、美佐子もゆっくり身を重ねてきた。

下からしがみつくと、美佐子も肌の前面を密着させ、彼の肩に腕を回して顔を寄せた。

膣内の感触と温もりを嚙み締めながら唇を求めると、美佐子も上からピッタリと重ね合わせてくれた。

柔らかな感触を味わって舌を挿し入れ、唇の内側の湿り気と、硬く滑らかな歯並びを舐めると、彼女も口を開いて舌をからめてきた。

美佐子の舌は滑らかに蠢き、生温かくトロリとした唾液に濡れていた。

無三は執拗にからみつけて味わい、滴《したた》る唾液をすすった。

「もっと唾を出して、いっぱい飲みたい……」

口を触れ合わせたまま囁くと、美佐子も快感で朦朧となってきたか、何でも言うことをきいてくれた。

懸命に唾液を分泌させると、口移しにトロトロと吐き出してくれ、彼は小泡の多い粘液を心ゆくまで味わい、うっとりと喉を潤した。

すると美佐子が徐々に腰を動かしはじめ、無三も合わせて股間を突き上げていった。

「ああッ……！」

美佐子が口を離して喘ぎ、次第に動きを激しくさせていった。

なおも顔を寄せると、彼女の熱く湿り気ある息が甘い刺激を含んで鼻腔を掻き回してきた。

キスしているときの鼻から洩れる息は、それほど感じなかったが、口から吐き出される息は花粉のような匂いが濃く感じられた。

「ああ、美佐姉の匂い……」

無三は稽古中の、鍔《つば》迫り合いしたときの匂いの記憶を甦らせた。

ただの甘い匂いではなく鼻腔の天井に引っ掛かるような刺激が含まれていた。確かロケ弁を食べて、そのまま来たのだろうから、そうした成分も入り混じっているのかも知れない。

とにかく美佐子の吐息だから、もっときつくても構わず、吸い込んで胸に沁み込んだ刺激がペニスにも伝わっていった。

興奮に合わせて腰を突き上げると、互いの動きはリズミカルに一致して股間をぶつけ合っていた。溢れる愛液が律動《りつどう》を滑らかにさせ、クチュクチュと淫らに湿った摩擦音を響かせた。

互いの股間はビショビショになり、伝い流れる分が彼の陰嚢から肛門の方まで濡らしてきた。

「い、いきそう……」

美佐子が、懸命に声を抑えて言った。

「僕も……。ね、舐めて……」

無三も高まりながら、美佐子のかぐわしい口に鼻を押しつけてせがんだ。

彼女は激しく腰を遣いながら、彼の鼻の穴を舐めてくれ、フェラするようにしゃぶり付いてきた。

「い、いっちゃう……、美佐姉……！」

唾液と吐息の匂いが鼻腔を刺激し、彼はとうとう肉襞の摩擦快感の中で昇り詰めてしまった。

溶けてしまいそうな快感とともに、ありったけの熱いザーメンがドクンドクンと勢いよく内部にほとばしった。

「あ……、いく……！」

美佐子も噴出を感じて声を洩らし、あとは懸命に奥歯を嚙み締めながらガクガクとオルガスムスの痙攣を開始した。

無三はしがみつきながら心ゆくまで快感を味わい、最後の一滴まで出し尽くしていった。そして、すっかり満足しながら徐々に動きを弱めてゆき、身を投げ出した。

「アア……」

美佐子も満足げに声を洩らし、肌の硬直を解きながらグッタリと体重を預けてきた。まだ膣内の収縮は続き、刺激されたペニスがヒクヒクと内部で過敏に跳ね上がった。

(とうとう美佐姉と出来た……)

無三は感激の中で思い、美佐子の甘い吐息を嗅ぎながら余韻を嚙み締めた。

5

「私は、お前がいたから熱心に稽古に通っていたんだと思う……」

ティッシュで処理を終え、添い寝しながら美佐子が言う。

「本当？　それは僕のセリフなんだけどなあ……。そんなに僕はカッコ良かったのかなあ……」

「カッコ良くないし、好きでも何でもない。でも何か気になり、顔を見ると安心した。だから今日も心強かった……」

それは、やはり大きなクマのぬいぐるみの類《たぐ》いなのかも知れないが、言われて無三は嬉しかった。

「今日は泊まってって大丈夫？」

「ああ、明日はここから近いから、早くに出る」

「じゃ、このままくっついて寝ちゃおう」

「その前に、トイレに行きたいのだが」

「ここは共同だし、見られるかも知れないなあ」

「見られたら困る」

「小だけなら、ここでして、僕が捨ててくるね」

「そんな……」

無三が言うと、美佐子はビクリと肌を緊張させた。

「コップで足りるかなあ。それとも僕が飲んじゃおうかなあ」

「バカ……」

美佐子は言ったが、どちらにしろ部屋を出られず困っているようだ。

「とにかく顔を跨いでしゃがんで」

無三は仰向けになり、彼女を顔の方に引き上げて言った。

「ほ、本気なのか……」

「だって、どうせトイレには行けないんだから、ここでするしかないよ」

無三は言いながら、強引に美佐子を顔にしゃがみ込ませた。

「で、出来るわけないだろう……」

「大丈夫、出るまで待つから」

何が大丈夫か分からないが、とにかく無三は彼女の腰を抱えて引き寄せ、まだ愛液に湿っている割れ目に口を付けて吸った。

「あう……、ダメ、吸ったら本当に出ちゃう……」

美佐子がか細く言い、腰をくねらせた。

舌を這わせていると、新たな愛液が溢れて淡い酸味が満ち、次第に柔肉が迫り出すように盛り上がり、味わいと温もりが変化してきた。

美佐子も激しい快感の余韻で朦朧とし、次第に抵抗感もなく尿意を高めてしまったようだった。

「で、出る……」

美佐子が言うなりポタポタと温かな雫が滴り、間もなくチョロチョロとした弱い流れが彼の口に注がれてきた。

無三は仰向けだから噎せないよう注意し、嬉々として美佐子の出したものを受け入れた。味と匂いは淡く控えめだが、たちまち勢いが増し、彼は溢れる前に夢中で喉に流し込んだ。

「アア……」

飲み込む音を聞いて美佐子が喘ぎ、懸命に両脚を踏ん張りながらピークが過ぎ去るのを祈るように待ち、息を詰めて耐えていた。

無三も味や匂いを堪能する余裕もないほど飲み込み続け、危うく溢れそうになったところで、ピークが過ぎて急激に流れが弱まってきた。

ほっとして喉に流し込み、やがて放尿が終わると、彼は余りの雫をすすって柔肉を舐め回した。

「く……、も、もういい……」

美佐子がプルンと下腹を震わせて言い、残尿を洗い流すように新たな愛液を溢れさせてきた。なおもすすると、やがて彼女は自分から股間を引き離して再び添い寝し、激しい羞恥にいつまでも息を震わせていた。

「ああ、まさか飲める日が来るなんて思わなかった。美佐姉の出したものを」

「バカ……、不味かっただろう、気分は悪くないか……」

「ううん、美佐姉から出たものだから美味しかった」

無三は残り香を感じながら言い、激しく回復していった。

しかし美佐子は布団をかぶり、無三に腕枕されながら目を閉じた。

「寒くない？」

「温かくて、柔らかい……」

彼女は小さく答え、いつしか軽やかな寝息を立てはじめていた。やはり今日も相当に疲れていたのだろう。

仕方なく、無三も今夜の射精は諦めた。腕枕してやっているので、勝手に自分で抜いたら揺らして起こしてしまうだろう。

そのうち、無三も美佐子の温もりを感じながら眠り込んでしまった……。


——翌朝目が覚めると、外は薄明るくなっていた。

無三の起きた気配で、すぐに美佐子も目を覚ました。

「起きた？　僕のイビキで眠れなかったでしょう」

「いや、ぐっすり眠って何も聞こえなかった。腕が痺れたろう……」

美佐子が言い、彼の腕から頭を浮かせたので今度は無三が腕枕してもらった。

「ねえ、勃っちゃったあ……」

「ダメ、すぐ行かないと。それに、したら歩けなくなる」

「じゃ、指でして、すぐ済むから」

無三は言って彼女の手を取り、ペニスに導いた。すると美佐子もニギニギと優しく揉んでくれた。

「ああ、気持ちいい……」

朝立ちの勢いも手伝い、無三はうっとりと快感に身を任せ、美佐子の口に鼻を押しつけた。寝起きで濃くなった口の匂いが悩ましく鼻腔を掻き回し、その刺激が心地よく胸に沁み込んだ。

「ああ……、美佐姉の匂いでいってしまう……」

無三は美佐子の吐息を嗅ぎながら、手のひらの中で幹を震わせて喘いだ。

すると美佐子がいきなり手を離し、布団をはいで起き上がるなり、ペニスに屈み込んできたのだ。

亀頭にしゃぶり付き、熱い息を股間に籠もらせながら舌をからませた。

「アアッ……、み、美佐姉……」

無三は、指の愛撫より大きな快感に喘ぎ、急激に高まった。

美佐子もスッポリと喉の奥まで呑み込んで吸い付き、夢中で舌を蠢かせた。

さらに顔全体を小刻みに上下させ、濡れた口でスポスポと強烈な摩擦を開始してくれたのだ。

「い、いく……!」

無三は、美佐子のかぐわしい口に全身まで含まれているような快感に包まれ、あっという間に昇り詰めて口走った。

絶頂の快感に貫かれながら、ありったけの熱いザーメンをドクンドクンと勢いよくほとばしらせ、彼女の喉の奥を直撃した。

「ンン……」

美佐子も熱く鼻を鳴らし、嫌がらずに噴出を受け止めてくれた。

無三は快感に悶え、心置きなく最後の一滴まで出し尽くし、そのままグッタリと身を投げ出した。

噴出が止むと、ようやく美佐子も吸引と舌の動きを止め、亀頭を含んだままゴクリと喉を鳴らした。

「あう」

口腔が締まり、無三は駄目押しの快感に呻いた。

飲み干すと、美佐子も口を離し、なおも幹をニギニギしながら尿道口に脹らむ白濁の雫まで全て舐め取ってくれた。

「ああ……、も、もういい、どうも有難う……」

無三は過敏にクネクネと腰をよじり、降参するように言った。

美佐子も顔を上げ、そのまま起き上がって身繕いをした。

「トイレは大丈夫？」

無三は横になったまま、余韻に荒い呼吸を繰り返して言った。

「いい、現地でする」

美佐子はスーツを着てコンパクトを出し、髪の乱れと唇を直した。

無三も起き上がってジャージ上下を着ると、そっと戸を開けて他の住人の様子を窺った。

すでに日が昇り始めているが、まだみんな寝ているようだ。

「今なら大丈夫。駅へ行けばタクシーがあるから送るね」

「いや、一人の方がいい」

美佐子は言い、せめて外までもと、二人で玄関に行きアパートを出た。

するると、そこへ大家の娘、十八になる真穂が旅行から帰宅してきたのだ。

「うわ、真穂ちゃん、お帰り」

「まあ！　もしかして梶尾美佐子さん……？　ファンです、応援してます」

無三が声をかけると、真穂が美佐子に気づいて言った。

「ええ、よろしくね。じゃここで」

美佐子は笑顔で言い、真穂と握手して、すぐに一人で駅へと向かっていった。

第三章　美少女はミルクの匂い

1

「どうしてこんなに早い時間に帰ってきたの？」

無三は、家へ帰らず彼の部屋に来てしまった真穂に訊いた。

「お友達が気分悪くなったから、始発で戻ったの。どうも、悪阻《つわり》じゃないかと思うんだけど」

「ええっ？　まあ、つわりなさい」

無三は言い、真穂も内側から戸を閉めて座った。

長い黒髪が白いセーターの肩にふんわりとかかり、笑窪《えくぼ》と八重歯の愛くるしい美少女が、スカートの裾から丸膝小僧を覗かせ、ぺたりと正座のまま両脚を広げた女の子座りをしている。

まず、無三には絶対に出来ない座り方だ。

真穂は、女子大の友人たち三人で熱海の温泉に行ってきたらしい。二泊したが今朝がた一人が体調を崩し、帰るというので一緒に戻り、車内で朝食を済ませたようだ。

「ね、それより、どうして美佐子さんがいたの？　まさか泊まったの？」

真穂が、好奇心に目をキラキラさせて訊いてきた。

「うん、でも泊まったことは内緒だよ。何もないんだから。幼馴染みでね、姉弟みたいなものなんだ」

「わあ、そうだったの」

真穂が言い、甘ったるい匂いがほんのりと漂った。

「今度彼女が出る映画に協力もしたし、スタジオも近くにあるんだ」

「むー先生が映画に？」

「武道の監修で名前が出るだけ」

「そう、でもすごいわ」

真穂が、憧れの眼差しで無三を見た。

彼は先日、真穂の下着を嗅いだことを思い出し、美佐子の口に出したばかりなのに激しく勃起してきてしまった。

まあ男というものは、相手さえ変われば無限に興奮できる生き物なのだろう。

「それより、お友達って、悪阻を疑うほどやりまくってるの？」

「ええ、入学してから知り合った人のアパートに、年中行っているみたい。もう一人も経験者だし、他のお友達も、私みたいに未経験の子なんかいないわ」

「わあ、真穂ちゃんはまだ処女？」

「ええ……、恥ずかしいけれど、合コンとかあまり好きじゃないし、知り合いの男の子はみんな軽いから魅力がないの」

真穂が言い、無三は幸福感で胸が満たされた。

「恥ずかしくなんかないよ。ろくに愛情もないのに、勢いで早々とする方がずっと恥ずかしいんだからね。じゃファーストキスは？」

「幼稚園の頃ならあるけど、それ以来ないわ」

「偉い！」

大声を出し、慌てて無三は口を押さえた。

他の住人たちが起きて、盗み聞きされたら困る。

芸能界にいる美佐子とのことがバレるのも困るが、大家の娘と二人きりなのを知られるのも相当に困る。

「それでね、温泉でいろいろ話を聞いたけど、みんな進んでいるわ。それに昼間は熱海秘宝館にも行ったし」

「そう、でも進んでるたって未熟な奴らのことだから、単に入れるだけで、ろくに舐めたりしないんでしょう」

「まあ……、むー先生は経験あるの？」

真穂は、ほんのり頬を染めながらも好奇心に身を乗り出してきた。

「そ、それはあるよ。もう二十三なんだからね」

無三は、まさか初体験は君の母親なんだよとも言えず、とにかく彼は目の前の無垢な美少女に激しく欲情した。

「そうだ。真穂ちゃんに教えてあげようか。最後までは無理でも、出来る範囲まででいいから」

ダメ元で言ってみると、真穂はいくらもためらわずに頷いていた。

「むー先生なら、最後までいいかな。前にお勉強教わったみたいに、最初から丁寧に……」

「わあ！　じゃ、ちょっと待っててね。すぐ戻ってくるから、ぜーんぶ脱いでお布団に入ってて。あまりお布団干してないけど、美佐子さんも寝たからね」

無三は立ち上がって言い置き、部屋を飛び出した。

そしてトイレに入って朝一番の大小をブリリアントに済ませ、洗面所で下半身裸になり、濡らしたタオルで股間の前後を拭きながら、シャカシャカと急いで歯を磨いた。

「わあ、むーさん何やってるの」

ちょうど起きてきた男が、股間を丸出しにしてる無三を見て目を丸くした。

無三は慌てて口をゆすぎ、拭き終えて身繕いをした。

「いや、徹夜で仕事していたからね、風呂代わりに拭いて、これから寝るの。だから勝手に入ってこないでね」

無三は言い、また部屋に戻ると、今度は戸を内側からロックした。ロックと言っても、金具の輪にフックを掛けるだけである。

すると真穂は、すでに脱いだ服を枕元に置き、布団を被っていた。

一昨日は美熟女に初体験の手ほどきを受け、昨夜は憧れの君と一つになり、朝は口内発射してもらって、すぐ無垢な美少女が手に入るとは、神様はよほど日頃の行いの良い美青年にご褒美を弾んでくれるようだと思った。しかもこの美少女は、美熟女の一人娘なのである。

無三も手早く全裸になり、彼女の隣に滑り込み、腕枕してもらった。

「ああ、可愛いのう可愛いのう」

「あん、逆じゃないの？　私が腕枕してほしいのに……」

胸に縋り付いて言うと、真穂は言いながらもお姉さんのように優しく抱いて坊主頭を撫でてくれた。

やはり無垢でも、女の子というのは男を包み込んでくれる本能を持っているのかも知れない。

「お布団はいでも寒くない？」

「ええ、何か身体が火照っているから大丈夫。でも、今朝ホテルでシャワー浴びれば良かったな。昨日の夕方に温泉入って、あとはずっとお喋りしていたし、さっきも車内で食事して、そのあと歯磨きもしていないから……」

裸で密着すると、真穂は急に気になったように言った。

「どれどれ」

無三は言い、彼女の腋の下に鼻と口を埋め込んでいった。

「あん、ダメ、くすぐったいわ……」

真穂は声を震わせて腕を縮め、逆に彼の顔をギュッと抱え込んだ。

生ぬるく汗ばんだ腋の下に鼻を押しつけて嗅ぐと、ミルクのように甘ったるい体臭が可愛らしく籠もっていた。

「いい匂い」

「やあん、嘘……」

真穂はむずがるように言ってクネクネと悶え、無三も汗ばんでスベスベの腋に舌を這わせてから布団をはいでいった。

そして仰向けの彼女の身体を見下ろすと、思っていた以上に丸い膨らみを持ったオッパイが息づいていた。やはり真希子のように豊かになる兆《きざ》しが早くも見えはじめているようだ。

乳首は薄桃色で、乳輪は張りと光沢があり、微妙に淡い色合いで周囲の肌色に溶け込んでいた。

片方にチュッと吸い付き、もう片方に指を這わせながら舌で転がし、顔中を膨らみに押し付けると、やはり柔らかさの中に、生娘《きむすめ》らしい張りが秘められているようだ。

「アアッ……」

真穂が、ビクッと顔を仰け反らせて喘ぎ、甘ったるい匂いを漂わせた。

充分に味わってから、もう片方も含んで舐め回すと、柔らかく陥没《かんぼつ》しがちだった乳首も、次第に刺激にコリコリと硬く突き立ってきた。

彼女は、少しもじっとしていられないように身をよじり、荒い呼吸を繰り返していた。

快感より、まだくすぐったい感覚の方が強いのだろう。それでも、憧れの初体験をするのだという覚悟があり、緊張や羞恥とともに、相当に感度も良くなっているのかも知れない。

左右の乳首を交互に味わってから、無三は無垢で滑らかな肌を舐め下りていった。愛らしい縦長の臍を舐め、ピンと張り詰めた腹部に顔を押し付けると、心地よい健康的な弾力が感じられた。

腰骨を舐め、股間のYの字になった水着線を舌でたどると、

「あう……、ダメ……」

また彼女はくすぐったそうに呻き、ヒクヒクと肌を震わせた。

そのまま彼はムッチリした太腿を舐め下り、足首までたどっていった。

そして身を起こして足首を摑んで浮かせ、足裏に顔を押し当てて踵から土踏まずを舐め、縮こまった指の間に鼻を割り込ませて嗅いだ。

そこは汗と脂にジットリ湿り、生ぬるくムレムレになった匂いが濃厚に沁み付いていた。

無三は美少女の蒸れた足の匂いを貪り、爪先にしゃぶり付くと、順々に指の股にヌルッと舌を挿し入れて味わった。

2

「あん……、ダメよ、汚いから……」

真穂は、他の女性と同じような羞恥反応を見せた。

全ての指をしゃぶり、無三はもう片方の足も味と匂いが薄れるほど貪り尽くしてから、やがて腹這いになり、脚の内側を舐め上げていった。

両膝の間に顔を割り込ませ、スベスベの内腿を舐め上げていくと、中心部から発する熱気と湿り気が顔中を包み込んできた。

大股開きにしても、もう真穂はすっかり朦朧となって力を抜き、荒い息遣いを繰り返すばかりになっていた。

無三は処女の股間に顔を寄せ、割れ目に目を凝らした。

ぷっくりした神聖な丘には、楚々《そそ》とした若草がほんのひとつまみほど恥ずかしげに煙り、まるで薄墨でも刷《は》いたような淡さだった。

縦線の割れ目からはピンクの花びらが僅かにはみ出し、そっと指を当てて左右に広げると、

「く……」

最も敏感で恥ずかしい場所に触れられた真穂が、か細く呻いてピクリと下腹を波打たせた。

中はうっすらと蜜に潤う綺麗な柔肉で、まだ誰の侵入も許していない膣口が、花弁のように襞を入り組ませて息づいていた。ポツンとした尿道口の小穴も確認でき、包皮の下からは小粒のクリトリスが、まるで帽子を被った妖精のように顔を覗かせていた。

やはり、真希子も美佐子も基本的なパーツは一緒だが、生娘のものとなると何しろ神聖な雰囲気があった。

もう我慢できず、無三はそっと顔を埋め込んでいった。

柔らかな若草に鼻を擦りつけて嗅ぐと、そこにはやはり生ぬるい汗とオシッコの匂いが可愛らしく籠もっていた。

「ああ、何ていい匂い……」

「あう……！」

思わず股間から言って深呼吸すると、真穂が呻いてキュッと内腿で彼の両頰をきつく挟み付けてきた。

舌を挿し入れて柔肉を舐めると、やはり淡い酸味のヌメリが舌の動きを滑らかにさせた。彼は無垢な膣口をクチュクチュと舐め回し、柔肉をたどってクリトリスまで舐め上げた。

「アアッ……！」

真穂が声を上げ、身を弓なりに反らせて硬直した。

やはり、熟女も処女もこの小さな突起が最も感じるようだ。もちろん真穂も、クリトリスをいじるオナニーぐらい経験し、それなりの快感も知っていることだろう。

彼はもがく腰を抱え込んで押さえ、舌先でチロチロとクリトリスを舐め回し、さらに溢れてくる清らかな愛液をすすった。

そして美少女の味と匂いを堪能してから、オシメでも当てるように真穂の両脚を浮かせ、逆ハート型の尻に迫っていった。

谷間には可憐なおちょぼ口の蕾がひっそり閉じられ、鼻を埋め込むと顔中にひんやりした双丘が密着した。

　嗅ぐと淡い汗の匂いに混じり、秘めやかな微香も感じられて鼻腔を悩ましく刺激してきた。無三は何度も深呼吸して匂いを貪り、舌先でチロチロと舐め回し、ヌルッと潜り込ませた。

「あう……、ダメよ、そんなこと……」

　真穂が驚いたように呻き、キュッときつく肛門で舌先を締め付けてきた。

　無三は中で舌を蠢かせて滑らかな粘膜まで味わい、ようやく彼女の脚を下ろして再び蜜をすすり、クリトリスを舐め回した。

「アア……、もう止めて……、早く、一つになってみたいわ……」

　真穂が言い、ようやく無三も舌を引っ込め、彼女の股間から這い出して起き上がった。

　しかし、中出しすると友だちの悪阻のようなことになってしまわないか、少し不安になった。

　すると真穂が自分のバッグを開けて中を探り、コンドームを取り出して渡してくれた。

「わあ、こんなの持ってるの？」

「お友達にもらったの。初体験のとき彼が持っていないと困るからって」

「そう、分かった。でも着ける前に少しでいいからおしゃぶりして」

無三は受け取って言い、彼女の顔にペニスを突き出した。

真穂も顔を上げ、初めての男性器を不思議そうに見つめながら、恐る恐る幹に指を添え、先端に舌を這わせてくれた。

尿道口から滲む粘液を舐めると、特に不味くもなかったか、さらに張りつめた亀頭をパクッと含んで吸い、中でチロチロと滑らかに舌を這わせてきた。

「アア……、気持ちいい……」

無三は無垢な舌の感触と清らかな唾液、股間に籠もる熱い息を感じ、絶頂を迫らせて喘いだ。

「も、もういい……、出ちゃうといけないから……」

無三が言って腰を引くと、真穂もチュパッと軽やかな音を立てて口を離した。

「コンドーム着ける前に、少しだけナマで入れさせてね。決して漏らさないし、すぐ抜くから」

無三は言い、再び仰向けになった真穂の股間に割り込んでいった。

唾液に濡れた先端を、愛液にまみれた割れ目に押し付け、位置を定めてゆっくり押し込んでいった。

張りつめた亀頭が処女膜を丸く押し広げて潜り込むと、

「あう……！」

真穂が眉をひそめて呻いた。

しかし母親に似て愛液が多いので、ヌメリに乗じてヌルヌルッと一気に根元まで貫き、彼は身を重ねていった。

真穂は全身を強ばらせ、呼吸すら忘れたように破瓜《はか》の痛みに奥歯を嚙み締めていた。中は熱いほどの温もりが満ち、動かなくても息づくような収縮が繰り返された。

無三は処女の感触を味わいながら、中でヒクヒクと幹を震わせた。

（このまま出したら気持ちいいだろうなあ……）

そうは思っても、真穂も不安だろうから、名残惜しいまま彼はヌルッと引き抜いた。

「く……！」

抜けるとき真穂が呻き、割れ目を観察したが出血はしていなかった。

あらためて無三はコンドームの封を切り、ぎこちなく装着していった。もちろん着けるのは初めてのことだ。

幸い異物感に萎えることもなく、彼は再び真穂の膣口に根元まで挿入し、今度は身を重ねていった。

「大丈夫？」

気遣って囁くと、真穂は健気に小さくこっくりした。

無三は股間を密着させながら彼女の肩に腕を回し、肌の前面を重ね合わせた。

胸の下では張りのあるオッパイが押し潰れて弾み、恥毛が擦れ合い、奥にコリコリする恥骨の膨らみも感じられた。

彼はあまり体重をかけないよう両肘で身体を支えながら、そっと唇を重ねていった。

柔らかな唇が密着し、そろそろと舌を挿し入れて歯並びをたどり、愛らしい八重歯を舐めると、真穂も口を開いて舌をからめてきた。

美少女の舌は実に柔らかく滑らかで、生温かな唾液に美味しく濡れていた。

無三は堪らず、様子を探るように小刻みに腰を突き動かし、肉襞の摩擦と締め付けを味わった。

「アアッ……！」

真穂が顔を仰け反らせ、唇を離して喘いだ。

その可愛い口に鼻を押しつけて嗅ぐと、何とも甘酸っぱい果実のような息の匂いが鼻腔を生温かく湿らせてきた。

もう我慢できず、無三は快感と興奮に任せてズンズンとリズミカルに律動しはじめてしまった。

真穂も支えを求めるように、下から必死に両手を回してしがみついていた。

真希子のように激しい突き上げをしてこないので角度もリズムも一致し、正常位でも抜け落ちる心配はなかった。

ただ彼女は初めてなので長引かせない方が良いだろう。どうせ初回から膣感覚のオルガスムスを得られるはずもないので、無三も我慢せず一気にフィニッシュを目指すことにした。

そして股間をぶつけるように動くうち、たちまち無三は大きなオルガスムスの快感に全身を貫かれてしまった。

「い、いく……、気持ちいいっ……！」

絶頂とともに口走り、熱いザーメンを一気にほとばしらせた。

まあ出したのはコンドームの中だが、贅沢は言えない。

「ああッ……！」

真穂も声を上げたが、それは感じたのではなく彼の絶頂が伝わり、ピークを過ぎた安堵感のようなものだろう。

無三は心ゆくまで快感を嚙み締め、最後の一滴まで出し尽くすと、徐々に動きを弱めて力を抜いていった。

真穂も痛みが麻痺したように、いつしかグッタリと身を投げ出していた。

無三は体重をかけないように気遣いながら、収縮する膣内でヒクヒクと過敏に幹を震わせた。

そして美少女の、甘酸っぱい息を嗅ぎながら、うっとりと快感の余韻を嚙み締めたのだった……。

3

「あ……、ママからメールだわ……」

添い寝して呼吸を整えていると、真穂が言って携帯を取り出した。

すでにティッシュで割れ目は拭いてやっていた。

僅かに出血は認められたがすぐに止まり、無三も感慨に浸りながら添い寝していたのだった。

「スポーツジムに行くから、帰ってきてもお昼過ぎまでいないって」

「そう……」

「ね、うちでシャワー浴びましょう」

真穂が言い、起き上がって身繕いをした。無三も身を起こし、下着とジャージ上下を着た。

記念すべきコンドームは、丁寧にティッシュに包んでおいた。

表面には、真穂の愛液と破瓜の血がついている。あとで舐めてオナニーしようと思ったが、何だか自分にフェラするみたいなので、単に記念に取っておくことにした。

「大丈夫。もうみんな学校へ行ったみたいだから」

廊下の様子を窺って言うと、真穂もすぐに部屋を出て、二人で急いでアパートを出た。

そして彼女は合い鍵を出して留守中の母屋に入り、また二人は全裸になった。

一緒にバスルームに入って股間を洗い流し、もちろん無三はまたムクムクと回復し、もとの硬さと大きさを取り戻してしまった。

真穂からは、処女を失った悲哀のようなものは感じられず、むしろ長年の重荷を下ろしたようにさっぱりした表情だ。

少々あっけらかんとしすぎであるが、後悔していないので無三も安心したものだった。

「ね、ここに立って」

無三は、バスルームなのでまた例のものを求めてしまった。

床に座って真穂を正面に立たせ、片方の足を浮かせてバスタブのふちに乗せさせたのだ。

「どうするの？」

「オシッコをしてみて」

「どうして？　こんなところで……」

真穂は不思議そうに言いながらも、その姿勢のままでいてくれた。

「真穂ちゃんは僕の天使だからね。何もかも見てみたいの」

「見ていたら顔にかかるわ」

「うん、それがいいの。少しでいいから出してね」

無三は言って腰を抱え、割れ目に顔を埋め込んだ。湯に濡れた恥毛には、もう濃い匂いは籠もっていなかった。

舌を這わせると新たな蜜が溢れ、真穂は膝をガクガク震わせながら、彼の坊主頭に両手をかけた。

「あん……、すぐ出ちゃうわ、離れて……」

「うん、いいよ、出して」

真穂が息を詰めて言い、無三が答えるなり、すぐにも割れ目から温かな流れがほとばしってきた。

彼は口に受け、夢中で飲み込みながら可愛らしい味と匂いを堪能した。

「アア……、ダメ、そんなこと……」

飲んでいるのを知って言いながらも、いったん放たれた流れは止めようもなく真穂は喘ぎながら勢いを増して放尿し続けた。

無三は美少女の匂いに噎せ返り、甘美な悦びで胸を満たした。

しかし勢いと量が意外なほど激しいので、口から溢れた分が温かく胸から腹に伝い流れ、回復したペニスを心地よく浸した。

それでもピークを過ぎると急激に勢いが衰え、やがて出し切ってポタポタと黄金色の雫が滴った。

それを舌に受け、割れ目に口を付けて余りをすすった。

「あん……、もうダメよ……」

真穂が言って脚を下ろし、力尽きたようにクタクタと座り込んできた。それを抱き留め、無三はもう一度互いの全身を洗い流した。

彼女もハアハア息を弾ませながら、ようやく立ち上がって身体を拭いた。

「ね、真穂ちゃんのお部屋に入りたい」

「いいわ……」

二人は全裸のまま、服を持って階段を上がっていった。

二階の部屋に入ると、そこは彼女が高校時代のまま、無三も家庭教師に来て馴染んでいる風景だった。

窓際のベッドに手前の学習机、本棚にぬいぐるみなど全く変わらないままであった。

「ね、もう一回したい」

「もうサックがないわ。それに、まだ何か入っているみたいな感じだし」

「うん、もう入れないので、指でして」

「ええ、それならいいわ」

真穂が言ってくれ、無三はもう一つ願望を口にした。

「高校時代の制服、まだあるなら着て」

「ええ、あるけど、入るかな……」

言うと真穂は快く答え、全裸のまま作り付けのロッカーを開けた。そして奥から、高校時代の可憐なセーラー服を取り出し、全裸の上から濃紺のスカートを穿き、同じく紺のセーラー服を着てくれた。

襟と袖に三本の白線があり、スカーフも白。

まだ高校を卒業して十ヶ月だから、体型も変わらずピッタリだった。

たちまち目の前に、家庭教師をしていた頃の、女子高生の真穂が現れた。

帰宅して、制服のまま勉強したこともあり、そのときの甘い髪や果実臭の息の匂いも甦り、無三はさっきの射精など無かったようにピンピンに勃起し、激しく胸が高鳴った。

「じゃ、ここに寝て」

無三は真穂の匂いの沁み付いたベッドに全裸で横たわり、彼女を呼んだ。

真穂も素直に添い寝し、彼に腕枕してくれながら、やんわりとペニスを握ってくれた。

「ああ、気持ちいい……。天使に握られている……」

無三は快感にうっとりとなり、美少女の柔らかな手のひらの中で幹をヒクヒク震わせた。

「ね、お口に唾をいっぱい溜めてから吐き出して。飲みたい」

「汚いのにな……」

せがむと、真穂も言いながら懸命に唾液を分泌させ、顔を寄せてきた。ぷっくりしたサクランボのように愛らしい唇をすぼめると、白っぽく小泡の多い唾液をトロトロと吐き出してくれた。

それを舌に受け、生温かくトロリとした粘液を味わい、飲み込んでうっとりと酔いしれた。

「もっと出して……」

言いながら唇を重ねさせ、口移しに注がれる唾液で喉を潤し、ネットリと舌をからめた。その間指の動きが止まっているので、促すようにヒクヒクさせると彼女もニギニギしてくれた。

さらに真穂の開いた口に鼻を押し込み、熱く湿り気ある果実臭の息を胸いっぱいに嗅いだ。

「ああ、この世で一番いい匂い」

「やあん……」

真穂が羞じらい、それでも指の動きは続行してくれた。

「顔中ヌルヌルにして」

言うと真穂も可愛い舌を這わせ、彼の鼻の頭から頬、瞼から耳の方までチロチロと舐め、清らかな唾液で顔中まみれさせてくれた。

「ね、食べちゃいたいって言って」

恥ずかしいセリフに興奮を高めながら言うと、すぐに真穂も言ってくれた。

「食べちゃいたいわ」

「美味しそうなブタって言って」

「まあ、そんなこと言ってほしいの？　美味しそうなブタ……」

「ああ、ほっぺ噛んで……」

せがむと真穂も、綺麗な歯並びでキュッと頬を噛んでくれた。

「ああ、美少女に食べられていくう……。もっと強く……」

咀嚼するようにモグモグされながら、無三は激しく高まり、滲むカウパー腺液で真穂の指を濡らした。

「ね、お口でしてくれる？」

「うん、いいわ」

言うと真穂が答え、腕枕を解き制服姿のまま彼の股間に移動した。

4

「こんなに太くて大きいのが入ったのね。痛いはずだわ……」

大股開きになった無三の股間に腹這いになると、真穂が熱い視線を注ぎながら顔を寄せて呟いた。

しかし、まだペニスには触れず、陰嚢をいじって袋をつまみ、肛門の方まで覗き込んできた。

「ああ……」

熱い息と好奇の視線が堪らず、無三は腰をくねらせて喘いだ。すると真穂は、自分がされたように彼の両脚を浮かせ、尻に迫ってきたのである。

「は、恥ずかしいよお……」

「ふふ、ダメよ、じっとして。私もされたんだから」

無三がことさらクネクネして言うと、真穂は小悪魔のように笑みを洩らし、とうとう指で谷間を広げ、チロチロと肛門を舐めはじめてくれた。

「あうう……、綺麗な天使がそんな汚いところを舐めているう……」

無三は妖しい快感に呻きながら、浮かせた脚を震わせた。

真穂も、彼の反応を面白がるように舌を這わせ、ヌルッと潜り込ませてくれたのだ。

「く……！」

無三は申し訳ないような快感に呻き、美少女の舌を味わうようにモグモグと肛門で締め付けた。

真穂も中で舌を蠢かせてから、やがて彼の脚を下ろし、そのまま陰嚢を舐め回した。二つの睾丸を転がし、優しく吸い、袋全体を生温かな唾液にまみれさせ、いよいよ肉棒の裏側を舐め上げてきた。

「アア、いい……」

裏筋を舐められ、無三は声を上ずらせて喘いだ。

長い黒髪がサラリと股間を覆い、内部に熱い息が籠もった。

先端まで舐めると彼女は尿道口のヌメリを拭い取り、そのままスッポリと喉の奥まで呑み込んでいった。

小さな口を精一杯開いて頬張り、熱い鼻息で恥毛をくすぐり、下向きだからたっぷり唾液を出して舌をからめてくれた。

恐る恐る股間を見ると、セーラー服の美少女が、笑窪を浮かべて無心にペニスを吸っている。

無三は激しく高まり、彼女の下半身を引き寄せた。

「顔に跨がって……」

言うと真穂も、亀頭を含んだまま身を反転させ、仰向けの彼の顔に跨がり、女上位のシックスナインの体勢になってくれた。

無三も濃紺のスカートをめくり、美少女の割れ目を舐め、目の上で収縮する可愛い肛門を見上げた。

「ンン……」

感じるたび、真穂が吸い付きながら熱く呻き、鼻息で陰嚢をくすぐった。そして、トロトロと新たな愛液を漏らしはじめた。

しかし途中で無三は舌を引っ込め、割れ目を眺めるだけにした。あまり刺激すると集中出来ないだろうし、彼もまた絶頂に専念したかったのである。

ズンズンと股間を突き上げると、真穂も顔を上下させ、濡れた口でスポスポとリズミカルに摩擦してくれた。

しゃぶり方は他の女性よりぎこちないが、たまに触れる歯も新鮮で、たちまち彼は昇り詰めてしまった。

「い、いっちゃう……、お願い、飲んで……！」

無三は絶頂の快感に包まれながら口走り、美少女の喉の奥にドクンドクンと勢いよくザーメンをほとばしらせた。

「ク……」

噴出を受け、真穂が驚いたように呻いて律動を止めた。それでも吸引と舌の蠢きは続けてくれ、無三は下から突き上げて摩擦しながら、心置きなく最後の一滴まで絞り尽くしていった。

満足しながら身を投げ出すと、もう出ないと思った真穂は、亀頭を含んだまま口に溜まったザーメンをコクンと飲み下してくれた。

「あうう……」

締まる口腔で幹を震わせ、無三は呻いた。

全て喉に流し込むと、真穂はスポンと口を離し、まだ尿道口から滲む雫も綺麗に舐め取ってくれた。

「いたたた、そんなに握らないで。もう出ないから……」

無三は腰をくねらせ、過敏に亀頭を震わせながら降参して言った。

ようやく真穂も舌を引っ込めて顔を上げ、チロリと唇を舐めた。

「あんまり味はないわ。でも生臭い……」

「うん、有難う。気持ち良かった。生きた精子が真穂ちゃんに吸収されて栄養になっていく……」

荒い呼吸を繰り返して言うと、真穂は少し気持ち悪そうな顔をした。

「もう脱いでもいいわね」

そして彼女はベッドを下りて言い、制服を脱ぎ去ってロッカーにしまい、自分の下着と服を着た。

無三も呼吸を整えて起き上がって身繕いし、一緒に階下へ降りた。

「むー先生、朝ご飯まだ？　カレーがあるわ」

真穂がキッチンを見て言う。

「わあ、欲しい欲しい」

無三が目を輝かせてテーブルの席に着くと、彼女がさらに飯を持ってカレーを注いでくれた。

「真穂ちゃんは？」

無三はカレーを食いながら訊く。熱々でないから食が進んだ。

「私はまだ車内で食べたばかりだからいいの。お皿が小さかったかしら、お代わりして」

彼女は、あっという間に空にした無三に手を出し、彼もお代わりを頼んだ。

真穂は水を入れてくれ、食べている彼をじっと微笑んで見ていた。

「私、むー先生大好き」

「僕も好きだよ。もし勉強しているときキスしたら許した？」

「ええ、もちろん」

「そうかあ、思い切ってすれば良かったなあ。でも受験前で心を乱しちゃいけないと思って。お代わり」

言うと真穂は三杯目を注いでくれた。

「それなら、せめて合格したときにさせてくれれば良かったのに」

「ええ、でも女子大って、みんな処女ばっかりかと思っていたから」

真穂が答える。

「ね、私の先輩で、まだ何もしたことない処女がいるけど、むー先生が教えてあげてくれる？」

彼女の言葉に、無三は思わず噎せそうになった。

「そ、それって、本当に僕を好きと違うんじゃないの？」

「ううん、その先輩のことも大好きだから、一度ぐらいならいいの」

「何か、クマさんのぬいぐるみを一晩貸すみたいだね」

「ダメ？　とっても綺麗な人よ。宇野亜沙美《うのあさみ》さんといって、一浪したようだから三年生で二十二歳」

「そおかあ、真穂ちゃんの頼みなら断れないなあ。でも、出来れば三人で会いたいね」

「ええ、引っ込み思案の人だから、私もついていてあげたいわ」

「わあ、じゃそうしよう」

無三は妖しい期待にまた股間を脹らませながら、結局カレーを四杯食った。

「あ、こんなに食べちゃって大丈夫かな」

「ええ、お友達が二人寄ったことにするから」

真穂が言い、無三は皿を綺麗にしてから水を飲んで人心地ついた。

「じゃ、僕は仕事があるのでこれで戻るね。どうもご馳走様」

処女もカレーもご馳走様と心を込めて言って立ち上がった。

「ええ、じゃまたメールするわ」

真穂が言って送り出し、無三は彼女の家を出てアパートに戻った。

「いやあ、腹一杯だし性欲もスッキリだなあ。こんなに満足したら仕事なんかならないね。昼寝だ」

無三はゴロリと万年床に仰向けになり、この三日間のことを思った。

そういえば、ここ最近はオナニーなどしなくても良いほど女体に恵まれ続けている。

(真希子さんが全ての始まりで、幸運の女神だったんだな……)

無三は思い、真希子の熟れ肌を脳裏に浮かべた。そして昨夜の美佐子、朝は口内発射までしてくれた。さらに美佐子を見送ってすぐ、入れ替わりに真穂が来たのである。

十代二十代三十代の、それぞれに魅力的な女性と懇《ねんご》ろになったのだ。

（うん、俺はモテる。今までは切っ掛けがなかっただけだ。でもこんなに恵まれてしまったら、一生懸命仕事しないと罰が当たるな……）

そう思いながら、いつしか無三は大イビキをかいていたのだった。

5

「え……、俺？　ああ、早苗さんか」

無三が町を歩いているとき、いきなりクラクションを鳴らされ、そちらを見ると白いミニバンの運転席から早苗が会釈していた。

今日は、彼は昼前からノンビリ本屋を回っていたのである。

昨日は昼寝をしたあと仕事の残りを片付け、夜はオナニーもしなかった。

何しろ一日の射精回数は、多くて三回までと決めているのだ。早朝に美佐子に口内発射し、そして真穂の処女を頂き、さらに口内発射もして、昨日のノルマは達成していたのである。

無三は、車を停めて待っている早苗に近づいた。

「これから尾地荘へ行こうと思ってました。乗りませんか」

言われて、無三が助手席に乗り込むと、すぐに早苗はスタートさせた。

「先日のお礼を渡しに行くところでした」

「そう、それはわざわざどうも」

「お昼まだならアパートでなく、どこかで食事でもいかがでしょう。美佐子さんは夕方まで撮影で拘束されているので、私は自由なんです」

「それは有難い。朝はラーメンも切らしていたので、まだ今日は何も食ってないんです」

「何か食べたいものはありますか？」

「そう、親子丼がいいな」

無三は、真希子と真穂の母娘を思い出しながら言った。

「まあ、お好きなんですか？」

「ううん、いつもはカツ丼専門なんだけど、今日は親子丼の感じなの」

「分かりました」

早苗は、彼が親子丼を選んだ理由も知らないままクスリと笑い、ハンドルを切った。

化粧気もなく体育会系の厳《いか》つい印象だが、笑うと実にチャーミングだった。

やがて早苗は車を駐車場に入れ、和食専門店に入った。

ちょうど窓際の席が空いたところで、二人は向かい合わせに座った。

店員が来ると、早苗は親子丼とカツ丼を頼んだ。

「わあ、早苗さんはカツ丼かあ。あ、生ビールもいい？」

「どうぞ」

言うと早苗がビールも追加してくれた。

「美佐姉のジャーマネは何年？」

「丸一年です。美佐子さんは将来があって、とっても楽しみです」

早苗は言い、やがて無三は運ばれてきたビールを飲みながら、彼女のことをいろいろ訊いた。

彼女は女子体育大で柔道の選手だったらしい。しかし故障で諦め、もう一つの憧れだった映像の世界に来て、裏方をしていたようだ。

一度結婚したがバツイチで子は無く、この一年は美佐子にかかりきりになっていたと言う。

ボブカットで活発そうな印象があり、胸も腰も張りがありそうだった。

美佐子も颯爽とした長身で男っぽいが、どこか宝塚ふうの雰囲気があり、そのてん早苗は、また別の男前で、さっぱりした感じがあった。

「まずはこれを。領収書にサインして下さい」

早苗が封筒と領収書を出して言った。封筒には二万円入っているが、領収書は一万円の金額が書かれている。

「半分は、美佐子さんからの謝礼です」

「そう、お礼を言っておかないと。一昨日たったあれだけしか教授していないのだから」

無三はサインをして領収書を返して言い、有難く封筒をブルゾンのポケットに入れた。

やがて生ビールを飲み干すと、ちょうど料理が運ばれてきた。

(カツ丼の方が旨そうだなあ。でも、まあいいか)

無三は思い、とにかく食事をした。

早苗も食事中は話さず、黙々とエネルギーを充填しているようで、好感の持てる食べっぷりだった。

「親子丼ったって、この鶏肉と卵は親子じゃないだろうから、同族丼だよね」

「ぶっ」

言うと早苗が笑って飯粒を吹き出した。

「あ～あ～、勿体ない」

無三はテーブルに飛んだ何粒かを拾って口に入れた。

「や、止めて下さい。食べているときに笑わすのは」

早苗が口を押さえて言い、肩を震わせた。かなり笑い上戸らしい。

やがて二人とも、飯粒一つ残さず空にし、お新香も味噌汁も飲み終えて茶をすすった。

無三は灰皿があるのを確認し、周囲も昼時を過ぎて客が空いてきたからタバコを一服した。メビウスの一〇である。

「あの、一服だけ下さい。止めて一年になりますが、たまに欲しくなります」

「どうぞ」

早苗が手を伸ばしてきたので、無三も吸いかけのまま手渡した。

彼女は一服吸って、味わってから煙を吐き出したが、すぐに返してきた。

「やっぱり一〇はきついわ。もういいです、有難うございました」

無三は受け取ってまた吸った。

「もっと唾でベチョベチョにしてくれたら良かったのに」

「ふふ、面白い方ですね。それより、一番肝心なことを伺いますよ。一昨夜、美佐子さんと何からありましたか」

早苗が、急に真剣な顔になって訊いてきた。

「何もないよ。幼馴染みで姉弟のようなものだしね」

「ええ、美佐子さんもそう言ってました。だから不安ながらも尾地荘まで彼女をお送りしたんです」

「そう、ただ久しぶりなので、つもる話もあったの。それに僕が狼藉《ろうぜき》したって、言いなりになるような美佐姉じゃないことは分かっているでしょう？」

「それはそうです」

「それに、あんな美女が、こんなブタを好きになるはずないでしょう」

「いえ、私も一昨日はそんなふうに思ったけど」

「え？」

「でも今は違います。会えば会うほど魅力的だと分かってきました」

早苗が熱っぽい眼差しで、正面から彼を見て言った。

「うわあ、早苗さんも僕の魅力に気づいたかあ」

無三はおどけて言いながらも、股間が熱くなってきてしまった。

「とにかく、美佐子さんと何もなければそれでいいです。今は信用しますが、今後はあまり会ってもらうのは困ります。もちろん美佐子さんにも自覚してもらいますけれど」

「うん、もちろん分かっている。美佐姉は今が一番大事なときだからね。一番応援している僕が、彼女のマイナスになるようなことはしないよ」

「それを聞いて安心しました」

早苗は言い、茶を飲み干した。

「そろそろ出ましょうか」

「あの、夕方まで暇なんでしょう？　お願いがあるんだけど」

腰を浮かせかけた早苗に言うと、彼女も座り直した。

「何でしょう」

「僕は脚本家を目指しているけど、今はしがないエロライターなんだ。なのに、まだ一回もラブホテルに入ったことがない。参考のために入りたいけれど、一人じゃ無理だし、それこそ美佐姉に頼むわけにもいかないから」

「わ、私に一緒に行けと……？」

驚いた早苗が、目を丸くして言った。

「うん、一緒に入ってくれると嬉しい」

「入って、ラブホとはこういうものだと見学するだけですね？」

「もちろん、早苗さんが嫌がるようなことはしないし、良いと言うことだけならしたい」

「まあ……」

「仮に襲いかかっても早苗さんの方が強いし、僕は女性に、そんな無理やり乱暴するような男じゃないと信用して欲しい」

言うと、早苗はじっと彼の目を見つめ、やがて肩の力を抜いた。

「分かりました。私も時間はありますので少しノンビリしたいです」

「わあ嬉しい。じゃ出ようか」

無三は立ち上がり、金が入ったから払おうと思ったが、早苗が伝票を持ってレジに行ってくれた。

そして店を出ると再び車に乗り込み、早苗はスタートさせた。

「私も、ラブホの場所に詳しいわけじゃないですけど、池袋に戻るより確か環七沿いにあった気が……」

早苗は言い、カーナビを点けながらそちらへと走っていくと、確かにあり、彼女はためらいなくホテルの地下駐車場に乗り入れていった。

やはりアパートより、風呂付きの密室が最適だ。

無三は緊張と興奮に胸を高鳴らせながら、やがて車を降りて二人でフロントに上がっていったのだった。

第四章　ワイルドなバツイチ嬢

1

「わあ、こうなっているのかあ……」

無三は密室に入り、中を見回して歓声を上げた。

入り口では、早苗が部屋のパネルを見てボタンを押してくれ、キイを受け取ってエレベーターで三階まで上がってきたのだ。

中は思ったより狭いが、ダブルベッドがデンと据えられ、小さなソファとテーブル、テレビに冷蔵庫があった。

無三はバスルームも観察し、バスタブに湯を張って戻ると、早苗が冷蔵庫からサービスドリンクを出し、座って飲んでいた。

彼は枕元のパネルもいじって、照明を切り替えたりＢＧＭをつけたりして、コンドームが二つ備えられていることも確認した。

「じゃ、僕せっかくだから歯を磨いてお風呂入ってきますから、どうかノンビリしていてね」

「ええ」

言うと、早苗は携帯をいじりながら頷いた。

無三は再び脱衣所に行って全裸になってメガネを外し、歯ブラシを用意してバスルームに入った。

シャワーの湯を出し、歯を磨きながら全身をボディソープで泡立て、放尿しながら全て洗った。

（さて、出来るかなあ。ここまで来たらさせてくれるよなあ。あるいは、疲れていそうだから昼寝しちゃうかも）

無三は勃起しながら思い、剃刀もあるので頭と無精髭を剃った。

まだ湯は張られていないので浸かるのは後回しにし、湯温だけ確認するとバスルームを出て身体を拭いた。

服を持って全裸のまま部屋に戻ると、まだ早苗はさっきのままの姿勢でソファに座りテレビを見ていた。

「ねえ、こっち来て」

無三はベッドに入り、照明をやや暗くした。

すると早苗もテレビを消し、すぐにこっちへ来てベッドの端に座ってくれた。

「ねえ、脱いで一緒に寝て」

「ううん、どうしようかな……」

手を握って引っ張りながらせがむと、早苗が少し迷った。

「何をしたいの？」

「身体中の匂いを嗅いだり舐めたりしたい」

「それから？」

「出来れば僕のも舐めて欲しいし、最終的にはセックスしたい」

「嗅ぐって、シャワー浴びてこなくていいの？」

「うん、ナマの匂いが一番好き」

「自分は綺麗にしたのに？」

「それは人としての常識だからね」

「私、すっごく汗かいているのよ、きっとすごく匂うわ」

早苗が言い、すっかりざっくばらんになった口調に親しみが感じられた。

「わあ、嗅いでみたい。どうかお願いします、脱いで」

無三は懇願し、横になったまま彼女に手を合わせた。

「いろんな顔を持っているのね。ちょっぴり変態ぽかったり、母性本能をくすぐったり、居合の達人だったり」

早苗は言いながら、とうとう服を脱ぎはじめてくれた。

もう彼女もためらいなく、手早く最後の一枚まで脱ぐと、無三に添い寝してきてくれた。

「ああ……、何だか久しぶりで恥ずかしいわ……」

早苗も、全裸になると微かに息を弾ませて言った。

無三は身を起こし、まずは上半身を観察した。

なるほど、やはり剣道と柔道では筋肉の付き方も違うのだろう。肩と二の腕が逞しく、豊かな胸も硬く張り詰めた感じだ。

そして胸元が汗ばみ、生ぬるく甘ったるい匂いが立ち昇っている。

無三は屈み込んで乳首に吸い付き、もう片方にも手のひらを這わせていった。

膨らみは張りがあり、すぐにも乳首はコリコリと硬くなり、彼は甘ったるい汗の匂いを嗅ぎながら舌で転がした。

「アアッ……」

早苗は喘ぎ、クネクネと身悶えた。

一見ほっそり見えた美佐子より頑丈そうなので、強めの愛撫でも大丈夫だろうと、無三は乳首をそっと歯で刺激し、顔中を強く膨らみに押し付けて感触を味わった。

「ああ……、もっと強く……」

早苗は喘ぎ、激しく彼の顔を胸に抱きすくめて悶えた。やはり痛みに強く、激しい愛撫を好むようだった。

無三はもう片方の乳首も含んで舐め回し、コリコリと噛んで味わってから、彼女の腋の下にも鼻を埋め込んでいった。

すると、そこには何と汗に生ぬるく湿った腋毛が煙っていたのである。それだけ、バツイチになってから男を必要とせず仕事に邁進してきたのだろう。

「わあ、色っぽい……」

無三は言い、柔らかな感触に鼻を擦りつけ、濃厚に甘ったるい汗の匂いで胸を満たした。

充分に嗅いでから肌を舐め下り、弾力ある腹に顔を押し付けてから臍を舐めて腰骨に行くと、早苗が激しく身をくねらせた。

「ダメ、くすぐったいわ。あははは！」

早苗が笑い出し、耐えきれないように悶えた。

「舐めないで、強く噛んで。どうせ誰にも裸を見せないから、歯形が残っても構わないわ」

彼女が言い、無三もそれならと下腹や太腿にキュッと歯を食い込ませ、心地よい肌の張りをモグモグと味わった。

「アア……、いいわ、もっと強く……」

早苗が甘ったるい声で喘ぎ、彼も健康的な脚を舐め下りていった。

すると滑らかな脛に体毛があり、実に野趣溢れる新鮮な興奮が湧いた。

無三は美女の脛毛に頬ずりし、足首までたどってから足裏に顔を押し付けた。

やはり足裏も大きく逞しく、彼は舌を這わせながら指の股に鼻を割り込ませていった。

そこは生温かく湿り、蒸れた匂いが濃く沁み付いていた。

無三は充分に足の匂いを貪ってから爪先にしゃぶり付き、全ての指の股を味わい、もう片方も味と匂いを堪能した。

「ああッ……、ダメよ、くすぐったくて我慢できない……」

早苗がクネクネと身悶え、やがて身を庇うようにうつ伏せになってしまった。無三も脹ら脛をキュッと嚙み、太腿から豊かな尻の丸みにも強く歯を食い込ませた。

「あう……、もっと強く嚙んで……」

早苗が顔を伏せたまま呻き、白い尻を蠢かせた。

彼は腰から背中を舐め上げて汗の味わいを貪り、もちろん歯を立て、美女の肉を嚙みまくった。

そしてボブカットの髪に顔を埋め、汗とリンスの混じった香りを嗅いでから、再び尻に戻って谷間をムッチリと指で広げた。

するとピンクの蕾は、レモンの先のように突き出た感じで実に艶めかしい形をしていた。

これも柔道時代や今も仕事で力んでばかりだからかと思い、鼻を埋めて嗅ぐと秘めやかな匂いが籠もって鼻腔を刺激してきた。

無三は生々しい匂いに興奮を高めて充分に嗅ぎ、舌を這わせて襞を濡らし、ヌルッと潜り込ませて粘膜を味わった。

「く……、変な感じ……」

早苗が呻き、キュッと肛門で舌先を締め付けた。

無三は舌を出し入れさせるように動かしては、顔中をひんやりして弾力ある双丘に密着させた。

ようやく顔を上げると、再び早苗を仰向けにさせ、片方の脚をくぐって股間に迫った。

恥毛は濃く広範囲に茂り、下の方は愛液の雫を宿していた。

割れ目からはみ出す陰唇も興奮に艶めかしく色づき、ヌメヌメと大量の愛液にまみれていた。

指を当てて広げると、膣口の襞には白っぽい粘液がまつわりつき、可憐な尿道口が見え、大きめのクリトリスが光沢を放って突き立っていた。

茂みに鼻を埋めて擦りつけ、隅々に籠もった匂いを嗅ぐと、汗とオシッコの成分が馥郁《ふくいく》と鼻腔を掻き回してきた。

舌を這わせると、トロリとした淡い酸味の潤いが迎え、彼は膣口を掻き回してからクリトリスまで舐め上げていった。

「アアッ……、そこも噛んで……！」

早苗がビクッと顔を仰け反らせて喘ぎ、内腿できつく彼の顔を挟み付けた。

無三は上の歯で包皮を剝き、完全に露出したクリトリスをそっと歯で挟んで嚙み、さらに舌先でチロチロと小刻みに弾いた。

「あう！　それ、いい……」

早苗は声を上ずらせ、今にも昇り詰めそうな勢いでガクガクと激しく腰を跳ね上げはじめたのだった。

2

「もっと強く嚙んで……」

早苗は貪欲に求め、無三も大丈夫かなと思いつつ強めに歯を立ててやった。

愛液は大洪水になり、甘ったるく悩ましい体臭が濃厚に揺らめいて彼を高まらせた。

無三も我慢できなくなってきたら、ちょうど早苗も再び寝返りを打った。

「入れて、最初は後ろから……」

四つん這いになって尻を持ち上げ、こちらに突き出しながら言う。

最初はと言うからには、また体位を変えて味わうつもりなのだろう。

無三も身を起こし、膝を突いて股間を進めた。そして尻を抱え、濡れた膣口にバックからゆっくり挿入していった。

肉襞の摩擦がヌルヌルッと幹を刺激し、根元まで埋まり込むと彼の下腹部にキュッと尻の丸みが密着してはずんだ。

「あぁッ……、気持ちいいッ……！」

早苗が白い背中を反らせて喘ぎ、きつく締め付けてきた。

無三は腰を抱えながら感触と温もりを味わい、ズンズンと股間をぶつけるように突き動かした。

溢れる愛液がクチュクチュと音を立て、揺れてぶつかる陰嚢を濡らし、彼女の内腿にも伝い流れた。

さらに無三は覆いかぶさり、彼女の髪に顔を埋めて嗅ぎながら、両脇から手を回して乳房を揉みしだいた。

「あうう、嚙んで……」

早苗が呻いて言う。よほど嚙まれるのが好きらしく、無三も腰を動かしながら彼女の肩に歯を食い込ませた。

「アア……、いい、いきそう……」

早苗が膣内を収縮させて喘いだが、まだ無三は勿体なくていけなかった。

身を起こし、ヌルッとペニスを引き抜くと、早苗も支えを失くしたようにゴロリと横向きになってきた。

彼は早苗の下の脚に跨がり、上の脚を真上にさせて両手でしがみつきながら、横向きの彼女に松葉くずしの体位で挿入していった。

「ああ……！」

根元まで押し込むと早苗が喘ぎ、またキュッキュッと味わうような収縮を繰り返した。

無三も腰を突き動かし、膣内の感触のみならず尻や内腿の感触も得た。

何しろ互いの股間が交差しているから、実に密着感が強く感じられて心地よかった。

しかし、これもまだ果てるには惜しく、彼は何度か律動しただけで引き抜き、今度は彼女を仰向けにさせて正常位で挿入していった。

おかげでいろいろな体位を勉強でき、感謝しながら無三は股間を密着させて身を重ねていった。

早苗も下から両手を回し、ズンズンと股間を突き上げてきた。

熱い愛液に濡れた膣内をペニスで掻き回すと、彼女も嫌々をしながら喘ぎ、絶頂を迫らせたようだった。

「ね、最後は早苗さんが上になってくれる？」

「女上位がいいの……？」

「うん、それで全部の体位を経験してグランドスラムだから」

無三は言い、自分も果てそうになりながら身を起こして引き抜いた。

そして仰向けになっていくと、早苗も息を弾ませながら入れ替わりに身を起こし、まずはペニスに屈み込んできた。

陰嚢を舐め回して睾丸を転がしてから、幹の裏側を舐め上げ、尿道口をチロチロとしゃぶり、自分の愛液に濡れているのも構わずスッポリと根元まで呑み込んでくれた。

「ああ……」

今度は無三が喘ぐ番だ。

早苗は深々と含んで吸い付き、幹を唇でモグモグと締め付け、内部ではクチュクチュと貪欲に舌をからめてきた。たちまちペニスは愛液と唾液に生温かくまみれ、やがて彼女がスポンと口を引き離した。

身を起こして彼の股間に跨がると、早苗は先端を濡れた割れ目に擦りつけ、位置を定めてゆっくり座り込んできた。

ペニスは滑らかに根元までヌルヌルッと呑み込まれ、彼女も完全に股間を密着させ、身を重ねてきた。

「ナマで出してもいいの？」

「ええ、構わないわ……」

念のために訊くと、早苗は答えながらすぐにも股間をしゃくり上げるように動かしはじめた。

無三も両手でしがみつき、僅かに両膝を立てて股間を突き上げた。

そして下から唇を求めると、早苗もピッタリと重ね合わせ、ネットリと舌をからめてくれた。

「ンン……」

早苗は腰の動きを速めながら熱く呻き、無三も生温かな唾液にまみれ、滑らかに蠢く舌をうっとりと味わった。

彼女の鼻から熱く洩れてくる吐息は、食事をしたあとなのにほとんど無臭で、無三には物足りなかった。

メイクもするマネージャーとして気遣い、あるいは格闘家は相手へのエチケットでケアが身についているのかも知れない。

それでも顔をずらし、喘ぐ早苗の口に鼻を押し込んで嗅ぐと、ようやく美佐子に似た甘い花粉のような刺激が感じられた。

「ああ、いきそう……」

無三は嗅ぎながら鼻腔を湿らせ、うっとりと酔いしれながら喘ぎ、突き上げを速めていった。

「アア……、私も……！」

すると早苗が、股間を擦りつけるように動かしながら声を上ずらせた。

膣内の収縮も活発になり、大洪水になった愛液で互いの股間がビショビショになった。

「舐めて……」

無三が高まりながら言うと、早苗も甘い息を弾ませて彼の鼻の頭にしゃぶり付いてくれた。淡い口の匂いに唾液の香りが混じり、悩ましい刺激が鼻腔を満たしてきた。

「い、いっちゃう……！」

たちまち無三は、美女の生温かな唾液で顔中ヌルヌルにまみれ、かぐわしい匂いに包まれながら口走った。

同時に大きな絶頂の快感に全身を貫かれ、ありったけの熱いザーメンをドクドクと勢いよく内部にほとばしらせてしまった。

「あう……、いく……！」

噴出を受け止めた早苗も、同時にオルガスムスのスイッチが入ったように呻いて硬直し、そのままガクンガクンと狂おしい痙攣を開始した。

膣内の収縮も最高潮になり、無三は心地よい摩擦の中、心置きなく最後の一滴まで出し尽くしていった。

「ああ、気持ち良かった……」

無三は感謝を込めて言いながら、突き上げを弱めていった。

まだ膣内はキュッキュッと心地よい収縮を繰り返し、満足したペニスが刺激されてヒクヒクと過敏に震えた。

「アア……、私も良かった。すごく久しぶり……」

早苗も満足げに声を洩らし、遠慮なく彼に体重を預けてグッタリと力を抜いていった。

無三は彼女の重みと温もりを受け止め、湿り気ある甘い息を間近に嗅ぎながらうっとりと快感の余韻に浸り込んでいった。

早苗は荒い呼吸を繰り返してもたれかかり、思い出したようにビクッと肌を震わせた。

そして腰を浮かせ、そろそろと股間を引き離してゴロリと横になった。

すると彼女は肌を密着させたまま、いつしか心地よさそうな寝息を立てはじめたのだ。

やはり相当に疲れ、寝不足もあったのかも知れない。そして久々の快楽ですっかり心身ともにリラックスしたのだろう。

無三は起こさないよう身を寄せてじっとしているうち、彼もウトウトして安らかなひとときを過ごしたのだった。

「ああ、気持ち良く眠ってしまったわ……」

やがて彼女が起きると、一緒に風呂に浸かった。

彼女が精根尽き果てたようなので、無三も深い満足のなか一回の射精で止めておき、オシッコプレイもせずにバスルームを出て身繕いしたのだった。

「これもらっていこう」

無三はパックの緑茶や紅茶、コーヒーなどをもらい、さらに真穂とのためにコンドーム二個もブルゾンのポケットに入れた。

「どうか、これからも時間のあるときにお願いします」

「ええ、もちろん。私からもお願い」

言うと早苗は答え、やがてホテルを出ると無三は車でアパートまで送ってもらったのだった。

3

「夕方まで真穂は帰ってこないから」

真希子が寝室で言い、無三と一緒に服を脱ぎはじめた。

帰宅した無三は、すぐに真希子に呼び出されて家に来ていたのだ。

(うわあ、早苗さんと一回だけにしておいて良かった……)

無三は思った。

せっかく早苗と懇ろになれたのに、一回の射精で物足りないと思っていたのだが、続けてこんな良いことがあったのだ。

真希子が脱いでいくと、みるみる白い熟れ肌が露わになってゆき、もちろん無三もピンピンに勃起していった。

真希子も彼が好むのを知っているので、あえてシャワーも浴びずに待機してくれていたのである。

たちまち互いに全裸になると、ベッドに横たわった。無三はまた甘えるように腕枕してもらい、真希子の腋の下に顔を埋め、じっとり汗ばんで甘ったるい体臭で鼻腔を満たした。

「ああ、良かった。いい匂い」

「本当にいいの？　恥ずかしいのだけど……」

「うん、匂いがして嬉しい」

羞じらう真希子に答え、無三は何度も腋に鼻を押しつけて嗅いだ。

そして彼女を仰向けにさせ、無三はのしかかりながら乳首に吸い付き、巨乳に顔を押し付けていった。

柔らかな感触と甘い肌の匂いに酔いしれ、彼はもう片方も含んで舐め回し、充分に味わってから白い滑らかな肌を舐め下りた。

「アア……」

真希子がうねうねと熟れ肌を波打たせて喘ぎ、無三は臍から豊満な腰、張り詰めた下腹からムッチリした太腿へ下りていった。

足首まで行くと足裏に回り、顔中を押し付けて舌を這わせ、指の鼻を割り込ませ、汗と脂に湿って蒸れた匂いを貪った。

爪先をしゃぶり、指の間に舌を挿し入れると真希子が呻き、彼の口の中で舌を締め付けてきた。

「あう……、ダメ……」

無三は両足とも味わい尽くし、脚の内側を舐め上げながら股間に顔を進めていった。内腿も張りがあり、実にスベスベした舌触りで、中心部には熱気が籠もっていた。

見ると、すでにはみ出した陰唇はヌメヌメと蜜に潤い、指で広げるとピンクの柔肉も妖しく濡れ、膣口の襞には白っぽい粘液もまつわりついていた。

柔らかな茂みに鼻を埋め込んで嗅ぐと、今日も汗とオシッコの匂いが生ぬるく濃厚に籠もり、悩ましく胸に沁み込んできた。

無三は何度も嗅ぎながら舌を這わせ、トロリとした淡い酸味の潤いをすすり、かつて真穂が生まれ出てきた膣口を掻き回した。

そしてコリッとしたクリトリスまで舐め上げていくと、

「アアッ……、き、気持ちいい……！」

真希子が顔を仰け反らせて喘ぎ、量感ある内腿でキュッときつく彼の顔を挟み付けてきた。

無三はチロチロと舌先で弾くようにクリトリスを舐めては、溢れる愛液を舐め取り、さらに腰を浮かせて豊かな尻の谷間にも迫っていった。

キュッと引き締まったピンクの蕾に鼻を埋め込んで微香を嗅ぎまくり、舌先で細かに震える襞を舐めて濡らし、ヌルッと潜り込ませた。

「く……！」

真希子が息を詰めて呻き、キュッと肛門で舌先を締め付け、彼は構わず舌を蠢かせて粘膜を味わった。

そして充分に中まで濡らしてから引き抜き、今度は左手の人差し指を蕾に潜り込ませた。さらに右手の二本の指を膣口に押し込み、前後の穴の中で指を蠢かせながら再びクリトリスに吸い付いた。

「ああ……、ダメ、変な感じ……」

真希子が感じる三カ所を一度に責められ、声を上ずらせて悶えた。

無三は肛門に入った指で小刻みに内壁を擦り、膣内の二本の指は天井のＧスポットを圧迫した。

愛液の量が格段に増し、無三は早苗にしたように軽く歯を立ててクリトリスを弾いた。

「アア……、い、いっちゃう……！」

真希子が喘ぎ、前後の穴で彼の指が痺れるほどきつく締め付けながらガクガクと腰を跳ね上げた。同時に粗相したようにピュッと潮吹きをして、やがてグッタリと身を投げ出してしまった。

やはり欲求不満の熟女に、三点責めは刺激が強すぎたようだ。

無三は舌を引っ込め、失神したように無反応になった真希子の前後の穴からヌルッと指を引き抜いた。

肛門に入っていた指に汚れの付着もなく、爪も曇っていなかったが微香が感じられた。

膣内にあった二本の指は白っぽい粘液でヌルヌルになり、指の間に膜が張るほどだった。指の腹は湯上がりのようにふやけてシワになり、ほのかな湯気さえ立ち昇っていた。

彼はティッシュで指を拭い、再び添い寝した。

喘ぐ口に鼻を押しつけ、湿り気ある息を嗅ぐと今日も白粉のように甘い刺激が含まれ、乾いた唾液の香りとともに鼻腔を満たしてきた。

そのまま唇を重ね、舌をからめると、

「ンン……」

真希子が熱く鼻を鳴らし、徐々に我に返るように舌を蠢かせてくれた。

そして口を離し、何度か深呼吸して息遣いを整えた。

「ああ……、溶けてしまいそうだったわ……、何をしたの……」

彼女が、まだとろんとした眼差しで力なく言った。

「両方の穴に指を入れてクリトリスを吸ったの」

「そんなこと、どこで覚えたの……、他の女……？」

「ううん、ネットに書いてあった」

無三が答えると、真希子は仕返しするように身を起こし、彼の乳首に吸い付きながらペニスを握ってきた。

「ああ……」

無三は仰向けになり、彼女に身を任せて喘いだ。

真希子は熱い息で肌をくすぐりながらチロチロと舌を這わせ、キュッと乳首に歯を立てた。

「あう、気持ちいい、もっと強く……」

身悶えて言うと、彼女も左右の乳首を交互に吸い、優しく嚙んでくれた。

そしてペニスをニギニギしながら肌を舐め下り、彼が大股開きになると真ん中に腹這い、股間に顔を寄せてきた。

まずは舌を這わせて陰嚢を舐め回し、そのまま肉棒の裏側を舐め上げてきた。

「まあ、湯上がりの匂いよ。銭湯に行ってきたの？」

真希子が舌を引っ込めて言う。自分だけ身体を洗っていないから、また羞恥が甦ったようだ。

「うん……、綺麗にしたばっかりだからタイミングが良かった」

無三は言い、早苗と済んだあとラブホテルで念入りに洗っておいて良かったと思った。

再び真希子が先端に舌を這わせ、尿道口のヌメリを舐め取ってから、スッポリと喉の奥まで吞み込んでいった。

「ああ……、いい気持ち……」

無三は、温かく濡れた美女の口の中でヒクヒクと幹を震わせて喘いだ。

真希子も深々と含み、上気した頬をすぼめてチューッと吸い付き、口で幹をモグモグと締め付けた。

「ンン……」

真希子は小さく呻いて熱い息で恥毛をそよがせ、口の中ではクチュクチュと舌がからみ、ペニス全体は温かな唾液にどっぷりと浸って快感に震えた。

さらに顔を上下させ、濡れた唇でスポスポと摩擦すると無三も激しく高まってきた。

「い、入れたい……」

腰をくねらせて言うと、真希子もスポンと口を引き離して身を起こし、ペニスに跨がってきた。

先端を濡れた膣口に受け入れ、ヌルヌルッと滑らかに根元まで納めていった。

「アアッ……、いいわ……！」

真希子が完全に座って喘ぎ、すぐにも身を重ねてきた。

無三も両手を回してしがみつき、美熟女の感触と温もりを味わい、ズンズンと股間を突き上げはじめた。

「あうう……、すぐいきそう……」

真希子も腰を遣いながら言い、次第に互いの動きが一致して股間をぶつけ合った。やはり舌と指で昇り詰めるのと、こうして一つになって感じるのは別物のようだ。

真希子は大量の愛液で動きを滑らかにさせ、ピチャクチャと卑猥な摩擦音を響かせながらオルガスムスに達していったのだった。

4

「い、いく、気持ちいいわ……、ああーッ……！」

真希子がガクガクと痙攣しながら声を上げ、膣内の収縮を高めた。

「く……！」

たちまち続いて無三も昇り詰め、快感に呻きながら熱い大量のザーメンをドクンドクンと勢いよく注入した。

「あう、感じる、もっと出して……！」

噴出を受け止めた真希子が呻き、さらにキュッときつく締め上げてきた。

無三は激しく腰を突き上げ、心地よい肉襞の摩擦に酔いしれながら、最後の一滴まで出し尽くしていった。

「アア……、良かった……」

彼は肌の強ばりを解きながら声を洩らし、力を抜いて身を投げ出していった。

真希子も力尽きたようにグッタリと体重を預け、無三の耳元で荒い呼吸を繰り返した。

無三は膣内でヒクヒクと過敏に幹を震わせ、彼女の方を向いて熱く甘い息を嗅ぎながら余韻を味わった。

「ああ……、やっぱり、もうむーさんに抱かれないと満足できないわ……」

真希子が、息も絶えだえになりながら呟くように言った。

あとで聞くと彼女は、そう頻繁に会うのもいけないと思い、我慢しているうちオナニーしてしまったらしい。それでも、やはり生身同士で一つになるのが最高のようだった。

やがて呼吸を整えると、真希子はそっと股間を引き離した。

しかしティッシュの処理もせずベッドを下りてバスルームへ行ったので、無三も一緒について行った。

シャワーの湯で互いの全身を洗い流すと、真希子も匂いが消えてほっとしたようだった。

無三は椅子に座ったまま、目の前に真希子を立たせた。

「ね、自分で割れ目を広げて、オシッコしてみて」

「まあ……、どうしてそんなことを……」

言うと、真希子は驚いたように尻込みして答えた。

「どうしても、綺麗な人が出すところを見てみたいから」

無三は言い、豊満な腰を抱えながら股間に鼻と口を押し当てた。

「アア……、どうしましょう……」

「ほんの少しでもいいから」

「い、いっぱい出ちゃいそう……、でもこんな格好で立ったままなんて……」

真希子はガクガクと膝を震わせながらも、まだ快感の余韻に興奮がくすぶり、やがて両手の指を割れ目に当てた。

あえて恥ずかしいことをすることで、さらに快感が増すことを本能的に察したのかも知れない。

陰唇を開くと、柔肉は新たな愛液でヌメヌメと潤っていた。

無三は舌を這わせて味わい、クリトリスを吸った。

「あう……、い、いいの？　出ちゃうわ……」

真希子が息を震わせて言い、顔を離さない無三に警告を発した。

なおも舐め回していると、急に温もりが増して味わいのある流れが舌を濡らしてきた。

「ああ……」

真希子は彼の頭を両手で抱えながら喘ぎ、チョロチョロと勢いを付けて放尿を開始した。無三は夢中で喉に流し込み、控えめな味と匂いを堪能し、甘美な悦びで胸を満たした。

まさか母娘の両方と、この同じバスルームでオシッコを味わうことになるとは二人が知ったらどんな顔をすることだろう。

勢いが激しくなると、口から溢れた分が胸から腹に伝い流れ、ムクムクと回復したペニスが温かく浸された。

やがて出し切ったか勢いが弱まり、真希子は白い下腹をヒクヒク波打たせながら吐息を震わせた。あとはポタポタと滴る雫を舌に受け、彼は余りをすすりながら再び内部を舐め回した。

「も、もうダメ……」

真希子はあまりのことに股間を引き離し、力尽きて座り込んだ。

無三は抱き留め、もう一度互いの全身を洗い流し、彼女を支えながら立ち上がって身体を拭いた。

また全裸のままベッドに戻ると、もう無三自身はもう一回射精しなければ治まらないほどピンピンに屹立していた。

「またしたら起きられなくなるわ。お夕食の仕度があるから」

添い寝した真希子が、彼の強ばりを見て言った。

「じゃ、またお口でして」

「いいわ」

「いきそうになるまで指でして」

無三は言ってペニスを握ってもらい、真希子の唇を求めた。彼女もネットリと舌をからめながら、ニギニギと指で愛撫してくれた。

「もっと唾を飲ませて」

無三が甘い吐息に酔いしれながら言うと、真希子も懸命に分泌させ、トロトロと口移しで注いでくれた。

彼は生温かく小泡の多い粘液を味わい、うっとりと飲み込んだ。さらに顔中を美女の口に擦りつけると真希子も舐めてくれ、顔中ヌルヌルにまみれて悩ましい匂いに包まれた。

「い、いきそう……」

唾液と吐息の匂いにすっかり高まった無三が言うと、真希子はすぐにも身を起こし、先端にしゃぶり付いてきた。

深々と呑み込んでクチュクチュと舌をからめ、スポスポと摩擦しながら熱い息を股間に籠もらせた。

無三も股間を突き上げ、急激に昇り詰めてしまった。

「い、いく……、アアッ……！」

彼は突き上がる絶頂の快感に喘ぎ、勢いよくザーメンをほとばしらせて真希子の喉の奥を直撃した。

「ク……」

彼女も噴出を受け止めて鼻を鳴らし、舌をからめながら、そのまま頬をすぼめて吸い出してくれた。いつものことながら、美女の清潔な口に射精するのは感無量であった。

無三は何度も肛門を引き締め、心置きなく最後の一滴まで出し尽くすと、グッタリと力を抜いて余韻を嚙み締めた。

真希子は含んだままザーメンをゴクリと一息に飲み干し、口腔をキュッと引き締めた。

無三も過敏にピクンと反応しながら身を投げ出し、真希子は口を離して尿道口を丁寧に舐めて清めてくれた。

「アア……、も、もういいです、どうも有難う。すごく気持ち良かった……」

無三は礼を言い、真希子も顔を上げて淫らにヌラリと舌なめずりした。

そして呼吸を整えると互いに身繕いをし、無三は満足して軽くなった身体でアパートの部屋に戻っていったのだった。

5

「わあ、すごいお部屋だなあ……」

無三は、美佐子の豪華な部屋に入って見回しながら言った。

翌日の夜、美佐子からいきなりメールをもらい、訪ねて来たのである。

撮影が一段落したので部屋に来ないかと言われ、タクシーを使って良いと言うことなので、いそいそと来てしまった。

六本木にあるマンションの高層階で、入り口はセキュリティが厳しく、部屋番号のボタンを押して開けてもらう方式だ。

部屋は2DKだが調度品も真新しく、何といっても窓から見える六本木の夜景が素晴らしかった。

「湘南も良いけれど、この眺めはすごいね。もう美佐姉も、完全に都会の人になっちゃったみたいだ」

言うと、美佐子はワインを入れてくれた。早苗にマンションに送ってもらい、すぐ無三にメールしたのだろう。

無三はワインを乾杯し、すでにネグリジェ姿になっている美佐子に見惚れた。

「大丈夫なの？　早苗さんからは、簡単に美佐姉に会うなと釘を刺されているんだけど」

「ええ、私も言われている。でもどうしても会いたかった」

美佐子が言い、熱っぽい眼差しを向けてきた。そして、もうワインなどどうでも良いように立ち上がり、彼の手を握ってベッドに誘った。

「ま、待って……、急いでシャワー浴びてくるから……」

無三は尻込みした。

「私も浴びていない。そのままでいい」

美佐子は、相当に興奮を高めているようだ。

無三の方は、さっき呼び出されて急いで歯だけは磨いてきたが、シャワーの方は昨夕に真希子の家で浴びたきりである。

もっとも今日は一日中仕事をしていたから動いていないし、汗もかいていなかった。

（ま、いいか……）

無三は思い、美佐子が脱ぎはじめたので自分も手早くジャージ上下と下着を脱ぎ去ってしまった。

そして甘い匂いの沁み付いたベッドに仰向けになると、一糸まとわぬ姿になった美佐子が覆いかぶさり、いきなり熱烈に唇を重ねてきた。

「ンン……」

熱く鼻を鳴らし、ヌルッと舌を挿し入れ、執拗にからみつけられると、無三も滑らかに蠢く舌の感触と唾液を味わった。

湿り気ある息は花粉のような甘い刺激に、ワインの香気が入り混じり、妖しく彼の鼻腔を掻き回してきた。

うっすらと甘い味わいのある唾液もトロトロと大量に生温かく注がれ、無三はうっとりと喉を潤して酔いしれた。

舌をからめながら張りのある乳房にタッチすると、

「アア……」

美佐子が口を離して喘ぎ、そのまま横になっていった。

「むー、好きなようにして……」

身を投げ出して言う。

別に仕事で嫌なことがあったのではなく、表情からして心からリラックスし、一段落して急に欲情しているようだった。

無三は身を起こし、それなら好きなように、と美佐子の足の方に顔を移動させていった。そして足裏を舐め、ムレムレの匂いが沁み付いた指の間に鼻を割り込ませて嗅いだ。

爪先をしゃぶり、全ての指の股を舐め、両足とも味と匂いを貪り尽くした。

「ああ……、くすぐったい……」

美佐子はうっとりと喘ぎ、されるまま身を投げ出していた。彼が来る前からワインを飲み、すっかり良い気分になっているようだ。

無三は顔を進め、スラリと長い脚の内側を舐め上げ、白くムッチリした内腿を味わうと、両脚を浮かせた。

尻の谷間の蕾に鼻を埋め、汗の匂いに混じった微香を貪り、チロチロと舐め回してヌルッと潜り込ませると、

「あう……！」

美佐子が呻き、キュッと肛門で舌先を締め付けたが、拒む様子はなかった。

無三は少しでも深く入れようと押し込み、うっすらと甘苦いような味覚のある滑らかな粘膜を舐め回した。

すると鼻先にある割れ目から、ネットリとした清らかな蜜が溢れてくるのが分かった。

無三は彼女の脚を下ろし、舌を引き抜くとそのまま割れ目内部に差し入れて掻き回した。淡い酸味のヌメリが舌の動きを滑らかにさせ、恥毛に籠もる汗とオシッコの匂いが馥郁と鼻腔に沁み込んできた。

彼は潤いをすすり、膣口からクリトリスまで舐め上げていった。

「アア……、いい気持ち……！」

美佐子が身を弓なりに反らせて喘ぎ、内腿でキュッときつく彼の両頬を挟み付けてきた。

無三は上の歯で包皮を剝いてクリトリスに吸い付き、軽く歯を当ててチロチロと弾くように舐め回した。

「ダメ、いきそう……」

美佐子が言って身を起こし、彼の顔を股間から追い出してきた。早々と昇り詰めるのが勿体なく、早く一つになりたい勢いである。

無三が仰向けになると、すぐにも彼女は屈み込んでペニスにしゃぶり付き、張りつめた亀頭をチューッと吸いながら根元まで呑み込み、クチュクチュと長い舌をからみつけてきた。

「ああ、気持ちいい……」

無三は快感に喘ぎ、美佐子の生温かな唾液にまみれたペニスをヒクヒクと口の中で震わせた。

彼女も深々と含んで吸い付きながらスポンと引き離し、陰嚢も舐め回して睾丸を転がした。

「ああ、むーの匂い……」

美佐子が言って股間に熱い息を籠もらせた。無三も恥ずかしかったが、彼女が全然嫌そうでないので、そのまま身を任せた。

やがて彼女は充分にペニスを貪り、唾液にまみれさせてから顔を上げた。

「上になって……」

美佐子が言って仰向けになったので、無三も入れ替わりに身を起こし、正常位で股間を進めていった。

愛液にまみれた割れ目に先端を押し付け、感触を味わいながらヌルヌルッと滑らかに根元まで挿入すると、

「アアッ……!」

美佐子が顔を仰け反らせて喘ぎ、両手を回して彼を抱き寄せた。

無三も股間を密着させて身を重ね、まだ動かずに屈み込み、ピンクの乳首にチュッと吸い付いていった。

汗ばんだ胸の谷間や腋からは、生ぬるく甘ったるい匂いが漂い、無三は左右の乳首を含んで軽くコリコリと歯を立てた。

「あう、もっと……」

美佐子が刺激に反応し、膣内の収縮を高めながらせがんだ。

無三も充分に愛撫してから、彼女の腕を差し上げてじっとり汗ばんだ腋の下に鼻を擦りつけ、甘ったるい体臭を貪った。

そして舌を這わせると、美佐子が悶えながら彼の唇を下から求め、両手を回してきた。

無三は唇を重ね、滑らかに蠢く舌を舐め回しながらズンズンと腰を突き動かしはじめた。

「ああ……、奥まで響く……」

彼女が口を離して喘ぎ、さらにきつく締め付けてきた。

無三は、美佐子の熱く喘ぐ口に鼻を押し込み、湿り気ある甘い吐息を胸いっぱいに嗅ぎながら高まり、いつしか股間をぶつけるように激しく動かしはじめていった。

溢れる愛液がクチュクチュと鳴り、彼女も股間を突き上げて高まっていった。

胸の下では柔らかな乳房が押し潰れて弾み、彼はコリコリする恥骨の膨らみを感じながら昇り詰めてしまった。

「い、いく……！」

突き上がる絶頂の快感に口走り、ありったけの熱いザーメンをドクンドクンと勢いよく内部にほとばしらせた。

「き、気持ちいいッ……、アアーッ……！」

美佐子も噴出を受け止めた途端に声を上げ、ブリッジするように反り返りながらガクガクとオルガスムスの痙攣を開始した。

無三は美佐子の口に鼻を押しつけ、美女の唾液と吐息の匂いに酔いしれながら心ゆくまで出し尽くしていった。

満足しながら律動を弱めていき、やがて力を抜いてグッタリと身を預けると、美佐子も硬直を解いて四肢を投げ出していった。

「ああ……、良かった……」

美佐子は声を洩らし、まだヒクヒクと息づくような収縮を繰り返した。無三もきつく締め付けられながら、射精直後で過敏になったペニスをヒクヒクと膣内で震わせた。

そして美佐子の湿り気ある甘い匂いの息を嗅ぎながら、うっとりと余韻に浸ったのだった。

「むー、まだ離れないで……」

「重いでしょう」

「重いから嬉しい……」

美佐子は囁きながら彼の体重を受け、荒い呼吸を繰り返した。

「長く嵌まっていると、また大きくなっちゃうよ……」

無三は言い、キュッキュッと締め付けられながら、また中でムクムクと回復してきてしまった。

「アア……、また硬く……」

美佐子も気づき、再び熱い息遣いを荒くさせながらしがみついてきた。

無三も淫気を甦らせ、重なったまま完全に元の大きさと硬さを取り戻し、もう一回する気になっていった。

そして唇を重ねて舌をからめ、美佐子の甘い唾液と吐息を吸収しながら、また小刻みに腰を突き動かしはじめた。

「ンンッ……！」

美佐子が呻いて彼の舌に吸い付き、股間を突き上げてきた。

「ね、今度は美佐姉が上になって……」

無三は言い、抱き合ったままゴロリと寝返りを打ち、彼女を上にさせた。

やはり巨体が長く乗っているのは気が引けるし、彼女の唾液をもっと飲みたかったからだ。

難なく女上位になると、美佐子も本格的に腰を動かし、好きなだけ彼に唾液と吐息を与えてくれた。そして動くうち、たちまち絶頂が迫り、二人は再び激しく昇り詰めていったのだった……。

第五章　二人がかりの濃蜜な宴

1

「初めまして、宇野亜沙美です」

昼間、無三が真穂と一緒に彼女のマンションを訪ねると、亜沙美が出て来て礼儀正しく言った。

「月影です。むーさんとお呼び下さい」

無三も、亜沙美の可憐さに股間を脹らませながら答えた。

亜沙美はセミロングの髪にメガネ、目鼻立ちがお人形のように整い、清楚な服装で真面目そうな印象から、図書委員というイメージが湧いた。

家はスーパー経営のお金持ちらしく、このマンションも実に豪華だ。

真穂の先輩で、亜沙美は二十二歳。処女ということだが引っ込み思案で彼氏も出来ず、しかし好奇心は旺盛とのことだった。

真穂の話では、とにかく男性の身体が知りたいし、処女を失いたいのだが、心細いので真穂も一緒に来てくれとのことである。

亜沙美は、真穂から無三のことは聞いており、イメージ的には好みということだった。

もちろん無三は、出がけに歯磨きを念入りにし、銭湯にも行って全身綺麗にしておいた。

「じゃ、こっちへ」

亜沙美は待ちきれないらしく、すぐにも二人を寝室に招いた。

生ぬるく、甘ったるい匂いの籠もる寝室内には、セミダブルベッドとドレッサー、作り付けのクローゼットなどがあり、さすがに来客に備えて綺麗にしてあった。

「どうして綺麗なのに、彼氏を作らなかったの？」

無三は、まず興奮を抑えて訊いた。

「真穂と同じ、女子高に女子大だし、若い男の子はどうにも軽い感じがして惹かれませんでした」

亜沙美が、聡明な感じで歯切れ良く答えた。

大人しげに見えるが、芯は強いのだろう。

「要するにオジサン好みなのかな。僕も見かけは老けてるけど、亜沙美ちゃんより一級上なんだけどね」

「ええ、真穂に聞いたイメージ通りで安心感があります」

「じゃ、事前に言っておいた約束も」

「はい、昨夜から入浴も控えています。恥ずかしいけれど、むーさんのたってのお願いということでしたので」

「わあ、嬉しい」

無三は痛いほど股間を突っ張らせながら答えた。真穂も、嫉妬するというより自分の彼氏を自慢げに見せに来た感じである。

「でも、処女とはいえオナニーはしているでしょう？」

「ええ、こういうもので」

訊くと、亜沙美がベッドの枕元にある引き出しを開けた。

中にはローションや、男根を模したバイブ、楕円形のピンクローターなどが入っている。

「わあ、すごい。じゃ挿入には慣れているんだね」

無三は驚き、歓声を上げた。

「はい、だから今日の初体験でも、痛くはないし出血もしないと思います。むしろ、すぐいってしまうかも」

亜沙美が、冷静な口調で淡々といった。

「わあ、何て理想的な初体験であろう。もう今日は、何でも亜沙美ちゃんの言う通りにするからね」

「では、男性器を見せて下さい」

亜沙美が、表情を変えずに言った。

「そんなご大層なものじゃないけどね、じゃどうせならみんなで脱ごう」

無三は言い、洗濯済みのジャージ上下と下着を脱ぎ去り、たちまち全裸になって、女子大生の匂いの沁み付いたベッドに横たわった。

「真穂も一緒に」

亜沙美は言い、二人も脱ぎはじめてくれた。

(何という贅沢な眺めであろう……)

無三は、脱いでゆく二人の女子大生を眺めながら思った。

一人は天使のような美少女、もう一人は清楚な知的美女だ。

みるみる白い肌が露わになってゆき、服の内に籠もっていた熱気が、新鮮で甘ったるい匂いを含んで寝室内に立ち籠めた。

二人とも身体検査のように、ためらいなく脱ぎ去り、とうとう最後の一枚も脱いで一糸まとわぬ姿になって振り返った。

「見て、こうなっているのよ」

真穂が無三の股間に屈み込み、経験者ぶって言った。

亜沙美も顔を寄せ、無三は二人の熱い視線を受けて勃起したペニスをヒクヒクさせた。

「感動だわ。バイブよりは小さいけれど、これが生身なのね……」

亜沙美が、視線を釘付けにさせて言った。

「触ってもいい？」

亜沙美は、無三ではなく真穂に言った。

「ええ、好きなようにしてみて」

真穂が答え、亜沙美は恐る恐る指を這わせてきた。

張りつめた亀頭に触れ、青筋立った幹を撫で、陰嚢も手のひらで包み込んでコリコリと二つの睾丸を確認し、袋をつまんで肛門まで覗き込んだ。

「ああ……」

無三は無垢な感触に喘ぎ、尿道口から粘液を滲ませた。

「舐めてみたいわ。真穂も一緒に」

「じゃ、ここから」

亜沙美が言うと、真穂も答え、二人は大股開きの無三の股間に屈み込み、まずは頬を寄せ合って陰嚢を舐めてくれた。

全く無三の意思など関係なく、女の子二人が大きな玩具で遊んでいるようなもので、それがまた興奮をそそった。

「はひひひ……」

陰嚢を二人に舐められ、無三はゾクゾクするような快感に声を洩らした。

二人の息が熱く股間に籠もり、それぞれの睾丸を舌で転がしては優しく吸われて高まった。

「ここも舐めると喜ぶわ」

真穂が言い、無三の両脚を浮かせ、チロチロと肛門を舐めてからヌルッと潜り込ませてくれた。

「あうう……」

無三は妖しい快感に呻き、モグモグと美少女の舌先を肛門で締め付けた。

真穂が引き抜くと、亜沙美もためらいなく舌を這わせ、押し込んできた。

「あうーん」

無三は、微妙に感触の違う舌を感じて呻き、内側から刺激されるようにヒクヒクとペニスを上下させた。

やがて亜沙美が顔を上げると、彼は脚を下ろされ、二人はいよいよ肉棒の裏側と側面を舐め上げはじめた。まるで、姉妹が一本のキャンディを舐めているかのようだ。

今度は先に亜沙美が先端に達し、粘液の滲む尿道口をチロリと舐めてくれた。

そして亀頭に舌を這わせると、真穂も一緒になって先端を舐め、いつしか二人で亀頭をしゃぶりはじめていた。

（あれ……、二人は……）

無三は快感に喘ぎながらも、ふと気づいた。二人は女同士の舌が触れ合っても気にしていないのだ。

（もしかして二人は、レズごっこをしたことがあるのかも……）

無三は思い当たり、それなら二人がかりも有り得ると気づいたのだった。

そんな思いも、たちまち大きく贅沢な快感に押し流された。

二人は交互にペニスを含んで吸い付き、チュパッと引き離しては、もう一人が同じように呑み込んでくるのである。

口の中の温もりや舌の蠢きが微妙に異なり、それがまたどちらも心地よくて、たちまち彼は絶頂を迫らせてしまった。

「い、いっちゃうよお……、アアッ……！」

二人がかりだと、絶頂も倍の速さで襲ってきた。無三は声を上げて大きな快感に貫かれ、同時にありったけの熱いザーメンをドクンドクンと勢いよくほとばしらせてしまったのだった。

「ク……」

ちょうど含んでいた亜沙美が喉の奥を直撃されて呻き、口を離した。

すかさず真穂が亀頭をくわえ、笑窪の浮かぶ頬をすぼめて余りのザーメンを吸い出してくれた。

「アア……」

無三は腰をよじって喘ぎ、溶けてしまいそうな快感の中で、最後の一滴まで真穂の口に絞り尽くしてしまった。

グッタリと身を投げ出すと、真穂が喉を鳴らし、それを見た亜沙美も、口に溜まったザーメンをゴクリと飲み込んだ。

さらに二人は幹をしごき、尿道口から滲む余りの雫まで、一緒になって丁寧に舐め取ってくれた。

「も、もういい……」

無三は過敏にヒクヒクと反応し、降参するように言ったのだった。

2

「さあ、今度は二人にして……」

真穂が言い、亜沙美と一緒にベッドに仰向けになった。

無三は余韻に浸る余裕もなく、まずは二人の足の方に顔を寄せた。

亜沙美は、真穂よりも長身で、全裸にメガネだけかけているのがやけに興奮をそそった。乳房は形良く、腰も女らしい丸みを帯び、股間の翳りも淡く上品なものだった。

しかし肝心な部分は最後だ。

とにかく無三は二人の足裏に舌を這わせ、それぞれの指の間に鼻を押しつけて蒸れた匂いを貪った。

亜沙美の指の股も汗と脂に湿り、控えめだが蒸れた匂いが籠もり、嗅ぐたびにその刺激が胸に沁み込むと、ペニスに伝わって、たちまちムクムクと回復していった。

真穂もムレムレの匂いが沁み付き、どちらも微妙に違う匂いだがそれぞれに彼の官能を刺激してきた。

そして爪先にしゃぶり付き、桜色の爪をそっと噛み、全ての指の間にヌルリと舌を挿し入れて味わうと、

「アアッ……！」

二人は熱く喘ぎ、クネクネと身悶えた。

亜沙美の反応も実に艶めかしく、恐らくレズごっこでも足指までは舐め合っていないようだった。

やがて彼は先に真穂の脚の内側を舐め上げ、股間に迫っていった。

どうしても、初めての亜沙美の方を大事にしてしまいがちなので、真穂を放っておくのもいけないから気を遣っているのだ。

逆に、美味しいものを後に取っておくという気持ちもある。

すでに真穂の割れ目は、清らかな蜜にネットリと潤っていた。

若草に鼻を擦りつけて嗅ぐと、汗とオシッコの匂いが可愛らしく籠もり、割れ目を舐めるとトロリとした愛液が舌の動きを滑らかにさせた。

「ああン……！」

クリトリスを舐めると真穂がビクリと反応して喘ぎ、亜沙美も次は自分の番と思い緊張に身を強ばらせていた。

無三は美少女の味と匂いを堪能してから脚を浮かせ、尻の谷間にも鼻を埋め込み、蕾に籠もった微香を貪って舌を這わせた。

「く……」

ヌルッと舌を挿し入れると真穂は呻きながら、キュッと肛門を締め付けた。

しかし、やはり亜沙美がいるからか、喘ぎ声は控えめだった。

無三は真穂の前と後ろを存分に味わってから、隣の亜沙美の股間に顔を割り込ませていった。

「もっと力を抜いて、奥まで見せてね」

無三は言い、白くムッチリした内腿の間に身を置いて目を凝らした。

ぷっくりした丘の茂みは楚々として、割れ目からはみ出す陰唇は、それでも内から溢れる愛液にヌラヌラと潤っていた。

やはり処女とはいえ、オナニー快感を知っているだけに、期待と興奮も大きいのだろう。

陰唇を指で広げると、綺麗なピンクの柔肉が丸見えになった。

処女の膣口は花弁状に襞を入り組ませて息づき、小さな尿道口も確認でき、包皮を押し上げるようにツンと突き立ったクリトリスは、これもオナニー効果なのかどうか、真穂より大きめだった。

「ああ……、男の人に見られている……」

亜沙美が熱く息を弾ませながら、呟くように言って白い下腹をヒクヒクと波打たせた。

無三は顔を埋め込み、柔らかな茂みに鼻を擦りつけて嗅いだ。

隅々には、甘ったるい汗の匂いが馥郁と籠もり、ほのかな残尿臭と、処女特有の恥垢《ちこう》によるものかチーズ臭も入り混じっていた。

無三は、自分の人生で二人目の処女の匂いを胸いっぱいに嗅ぎ、舌を這わせて膣口を搔き回し、クリトリスまで舐め上げていった。

「アアッ……！」

亜沙美が身を弓なりに反らせて喘ぎ、内腿でムッチリときつく彼の顔を挟み付けてきた。

無三はトロリとした淡い酸味の愛液を舐め取り、チロチロとクリトリスを舌先で弾いてから、脚を浮かせて尻の谷間に迫っていった。

ピンクの蕾は可憐な襞を震わせ、鼻を埋めて嗅ぐとやはり秘めやかな微香が悩ましく籠もっていた。

彼は匂いを貪り、舌を這わせてヌルリと押し込んで粘膜を味わった。

「あう……、気持ちいい……」

亜沙美が呻き、モグモグと肛門で舌先を締め付けてきた。

羞恥より快感が前面に出ているようで、あるいは肛門オナニーの経験があるのかも知れない。

無三は舌を出し入れさせるように蠢かせてから、再び割れ目に戻り、大量に溢れているヌメリをすすった。

すると、そこへ何と真穂も顔を割り込ませてきたのである。

「どうなっているの。私も見たいわ」

真穂が言い、無三と頬を寄せ合って亜沙美の割れ目を覗き込んだ。

「見るの初めてなの？　亜沙美さんとレズ関係ではないのかな？」

「キスしてオッパイ触り合ったことがあるだけ」

真穂が、甘酸っぱい息を弾ませて言う。

無三は、あらためて指で亜沙美の陰唇を広げて見せてやった。

「綺麗だわ。私のもこんな感じ？」

「うん、舐めてみる？」

無三が言うと、真穂も興奮に任せ、ためらいなく亜沙美のクリトリスに舌を這わせていった。

「アアッ……、真穂……、いい気持ち……」

亜沙美が声を上ずらせて喘いだ。処女だが、相手が男でも女でも感じる、貪欲な性質を持っているのかも知れない。

無三も、美女の割れ目を美少女が舐める様子を目の当たりにして、激しく興奮を高めた。

やがて真穂も気が済んだように、再び戻って亜沙美に添い寝していったので、無三も移動し、今度は二人の胸に顔を押し付けていった。

並んだ薄桃色の乳首を順々に含んで舐め回し、顔中を膨らみに押し付けて感触を味わった。

どちらも甘ったるい汗の匂いを漂わせ、舌の愛撫にコリコリと乳首を勃起させた。亜沙美も形良い張りを持ち、さらに腋の下に鼻を埋めると、濃厚な汗の匂いが鼻腔を刺激してきた。

無三は二人の乳首を舐め、腋の下の匂いも充分に嗅いで顔を上げると、亜沙美が言った。

「ね、入れてみたいけれど、先に真穂がして見せて……」

「ええ、いいわ」

二人が話し合って身を起こすと、無三は仰向けになった。

「上になって、やり方を見せてあげるといいよ。痛ければ自分でセーブできるからね。それから、コンドームも持って来たから」

無三は言い、下から観察することにした。コンドームは、先日早苗とラブホテルに行ったとき持って来たものだ。

「今日は着けなくてもいいわ。亜沙美さんと一緒に計算して調べたから」

真穂が言い、無三は期待に胸を弾ませた。

どうやら基礎体温とかオギノ式とか、二人で研究して今日は大丈夫と結論したらしい。

先に真穂が跨がり、充分すぎるほど濡れている割れ目に先端を押し付け、息を詰めて受け入れていった。それを横から亜沙美が顔を寄せて、入っていく様子を観察していた。

「ああッ……！」

真穂が喘ぎ、ヌルヌルッと根元まで納めて股間を密着させた。

無三も、熱いほどの温もりときつい締め付け、肉襞の摩擦に酔いしれて奥歯を噛み締めた。

それでも幸い、さっき二人の口で一度射精させてもらっているから、暴発する心配はなさそうだった。

真穂はぺたりと座り込み、彼の胸に両手を突っ張って腰を動かしたが、すぐに身を重ねてきた。無三も下から抱き留めてズンズンと股間を突き上げると、すぐにも動きが滑らかになり、溢れる愛液にクチュクチュと淫らに湿った音が響いてきた。

「すごいわ……」

亜沙美が目を輝かせ、期待に息を弾ませた。

「い、いきそう……、回復に時間がかかるといけないから、交代して……」

無三が言うと、真穂も素直に股間を引き離し、ゴロリと横になった。

すると亜沙美が跨がり、真穂の愛液にまみれたペニスを、処女の膣口に受け入れ、同じように座り込んできたのだった。

3

「アアッ……！　いい気持ち……」

亜沙美がヌルヌルッと一気に根元まで受け入れ、完全に股間を密着させた。

初の挿入で気持ち良いというのも珍しいだろうが、これがバイブオナニーに慣れている処女の正直な感想なのだろう。

無三も、きつく締まる感触と熱いほどの温もりに包まれ、中でヒクヒクと幹を震わせて快感を噛み締めた。

亜沙美は股間を擦りつけるように動かしてから、やがてゆっくりと身を重ねてきた。

無三も両手で抱き留め、僅かに両膝を立て、様子を探るようにズンズンと突き動かしたが、

「ああ……、もっと……」

亜沙美も合わせて腰を遣いはじめたので、もう彼も遠慮なく激しく動いた。

そして下から唇を求めると、亜沙美も舌を触れ合わせ、ネットリとからみつけてきた。

生温かくトロリとした唾液が美味しく、蠢く舌の感触も実に滑らかだった。

熱く湿り気ある息は甘酸っぱい果実臭に、うっすらとオニオン系の匂いが混じって、鼻腔の天井に引っ掛かるような刺激があり、実に興奮をそそった。

すると何と、横から真穂も顔を割り込ませてきたのである。一人だけ放っておかれるのが寂しかったのかも知れない。

無三は二人の唇を同時に味わい、それぞれの舌を交互に舐め回した。

右の鼻の穴からは亜沙美の息の匂いが侵入し、左からは真穂の吐き出す果実臭が感じられ、奥で悩ましく入り混じって胸に沁み込んできた。

「もっと唾を出して……」

言うと、二人も懸命に唾液を分泌させ、トロトロと吐き出してくれた。

無三は二人分のミックス唾液を味わい、うっとりと喉を潤した。

「もっと飲みたい。顔中もヌルヌルにして……」

彼がズンズンと股間を突き上げ、摩擦に高まりながら言うと、二人も彼の口に唾液を垂らしてから、チロチロと舌を這わせ、両の鼻の穴から瞼、頬や耳まで舐めてくれた。

「あうう、いい気持ち。顔にペッて唾を吐きかけて……」

「そ、そんなこと、いいのかしら……」

言うと真穂はためらったが、快感で朦朧としている亜沙美がペッと勢いよく吐きかけたので、真穂も遠慮がちに吐き出してくれた。

「アア……、いい匂い……」

無三は二人の唾液と吐息の匂いに包まれ、たちまち亜沙美の中で昇り詰めてしまった。

「い、いく……！」

突き上がる快感に息を詰めて呻き、熱い大量のザーメンをドクンドクンと勢いよく内部にほとばしらせ、奥深い部分を直撃した。

「ああッ……、あ、温かいわ……、ナマのペニス……」

亜沙美が噴出を感じながら口走り、同時にオルガスムスに達してしまったようだ。ガクンガクンと狂おしい痙攣を起こし、膣内の収縮も最高潮にさせて激しく悶えた。

（しょ、処女に中出し……、しかも一緒にいった……！）

無三は、感激と快感に包まれながら股間を突き上げ、心置きなく最後の一滴まで出し尽くしていった。

「ああ、気持ち良かったあ……」

無三は心から言い、満足しながら突き上げを弱めていった。

「アア……」

亜沙美も声を洩らし、力尽きたようにグッタリと彼にもたれかかってきた。

真穂も横からピッタリと肌を密着させ、まるで二人の絶頂が伝わったかのようにハアハアと荒い呼吸を弾ませていた。

無三は顔を向け、美女と美少女の吐息を嗅ぎながら胸を満たし、うっとりと快感の余韻を噛み締めたのだった。

やがて呼吸を整えると、亜沙美はそろそろと股間を離し、真穂とは反対側にゴロリと横になった。

処女喪失とはいえ、見るまでもなく出血はしていないだろう。何しろ無三のペニスより硬くて大きなバイブに慣れているのだ。

そして余韻を味わったから、三人はバスルームに移動した。

洗い場も広く、三人はシャワーの湯で全身を洗い流した。

もちろん無三は床に座ったまま、左右に二人を立たせ、両肩を跨がせて股間を顔に突き出してもらった。

「オシッコ出して」

言うと真穂は下腹に力を入れ、亜沙美もそれほど驚いた様子もなく尿意を高めてくれた。

バイブオナニーに長けている彼女は、実際に男と付き合ったことはなくても、好奇心から多くの知識を仕入れ、オシッコを求めるのもそれほど突拍子もないこととは思っていないのかも知れない。

出る前の間、無三は左右から迫る割れ目を交互に舐めた。恥毛に籠もっていた濃い体臭は薄れてしまったが、やはり舐めると二人とも新たな愛液を溢れさせ、舌の動きが滑らかになった。

「あん……、出るわ……」

吸われて尿意を催したか、先に真穂が声を洩らし、チョロチョロと放尿しはじめてくれた。

無三は舌に受け、温かな味わいとほのかな匂いに酔いしれながら喉に流し込んでいった。

すると亜沙美の割れ目からもポタポタと温かな雫が滴り、やがて緩やかな流れとなって彼の肌に注がれてきた。そちらに顔を向けて口に受けると、やはり味と匂いは淡く控えめなもので、すんなりと喉を通過した。

その間も真穂の流れが肌を濡らし、胸から腹に温かく伝い流れて、ムクムクと回復したペニスが心地よく浸された。

無三は交互に二人の流れを受けて飲み込み、間もなく二人は同時に出し切って治まった。

彼はそれぞれの割れ目を舐め回し、余りの雫をすすったが、すぐに愛液が内部に満ちていった。

ようやく舌を引っ込め、三人はもう一度シャワーを浴びると、身体を拭いてバスルームを出たのだった。相手は二人いるから、無三の回復力も倍で、もう一回射精しないと気が済まなくなっていた。

そして無三は、亜沙美が愛用しているバイブに目を留めた。男根型バイブではなく、小さな楕円形のピンクローターの方である。

「これは、どうやって使うの？」

「クリトリスを刺激したり、アヌスに入れたりするの」

訊くと、亜沙美が答えた。

彼女はバスルームに入る前からメガネを外しているので、美しい素顔で強烈な答えが返り、無三もピンピンに勃起してしまったのだった。

4

「してみて……」

亜沙美もまた、まだ欲望がくすぶっているように言い、ベッドに仰向けになって大股開きになった。

無三はローターを手にし、コードに繋がった電池ボックスのスイッチを入れた。ブーンとローターが振動し、彼はそれをクリトリスに押し付けた。

「アアッ……！」

亜沙美が喘ぎ、クネクネと身悶えた。

さらに無三は、隣で横になっている真穂のクリトリスにも押し付けて振動を与えてやった。

「あん……、ダメ、激しすぎて恐いわ……」

真穂は感じすぎて嫌々をし、無三もすぐに引き離してやった。

そして亜沙美の両脚を浮かせ、尻の谷間の蕾を舐めた。唾液に濡らしてからローターを当てたが、

「ローションも付けて……」

彼女が言うので無三は小瓶を手にし、直に肛門にトロリと垂らした。

そして指で塗り付け、まずは人差し指をズブズブと潜り込ませると、

「ああ……、いい気持ち……」

亜沙美がうっとりと喘いだ。肛門の方も、今まで一人でかなり開発してきたようだった。

指を根元まで入れると、中は滑らかな感触で、入り口のみキュッときつく締め付けてきた。中で掻き回すように蠢かせ、やがてヌルッと引き抜いて指を嗅いだが、ほとんど汚れもなく無臭だった。

ローターを手にし、ヌルヌルになって肛門に当てて指で押し込むと、細かな襞が丸く押し広がって呑み込み、やがてローターは深々と入ってしまった。

「すごいわ……」

真穂も興味深げに見ながら、嘆息まじりに言った。

肛門がキュッとつぼまると、ローターのピンク色は完全に見えなくなり、後はコードだけが伸びていた。

再びスイッチを入れると、内部からくぐもった振動音が聞こえてきて、

「アア……！」

亜沙美が再びクネクネと身悶えはじめた。

見ると割れ目は大量の愛液でビショビショになり、白く引き締まった腹もうねうねと妖しく波打っていた。

「い、入れて……」

亜沙美がせがんできた。

恐らくバイブにより、前と後ろを同時に刺激されることにも慣れているのだろうが、実に恐ろしい処女もあったものである。

まあ、もう処女ではないが、無三も興奮に任せて迫っていった。

正常位でペニスを押し当て、膣口にヌルヌルッと一気に挿入していくと、

「あぁッ……！」

亜沙美がさらに大きく喘ぎ、顔を仰け反らせて彼自身をキュッときつく締め付けてきた。

直腸内に異物があるため、さらに膣は狭くなり、深々と挿入してのしかかった無三は、間のお肉を通して伝わる振動をペニスの裏側に感じ、妖しい快感に包まれた。

身を重ねてズンズンと腰を突き動かすと、粗相したほど溢れている愛液がピチャクチャと淫らに音を立てた。

「ま、またすぐいく……、アアーッ……！」

いくらも動かないうち、すぐにも亜沙美はブリッジするように反り返って硬直し、膣内をキュッキュッときつく締め付けてきた。

無三は、三度目だから射精は控え、律動しながら何とか亜沙美の嵐が過ぎ去るのを待った。

やがて亜沙美は、すっかり満足したようにグッタリと身を投げ出し、無三も動きを止めて身を起こしていった。

そして愛液にまみれたペニスをヌルッと引き抜き、さらにスイッチを切ってコードを握り、注意深くローターを引っ張り出した。

みるみる蕾が丸く押し広がり、ローターが顔を出した。最大限に広がると襞が伸びきって光沢を話、すぐにツルッとローターが抜け落ちた。

一瞬内部の粘膜が覗いたが、すぐに肛門はつぼまってゆき、元の可憐な形状に戻っていった。

ローターにも汚れの付着はなく、亜沙美は息も絶えだえになって肌をヒクつかせていた。

「私にも、それして……」

真穂が言い、彼の前で股を開いた。

無三は、彼女の脚を浮かせて肛門にローションを垂らし、亜沙美から出したばかりのローターを真穂の蕾に押し当て、ゆっくり押し込んでいった。

「大丈夫?」

「うん……、アア、入ってくるわ……」

訊くと真穂は目を閉じて答え、さらに押し込むと可憐な肛門が精一杯丸く広がり、ローターは完全に見えなくなってしまった。

「いい？　スイッチを入れるよ」

「ええ……、あぁッ……！」

無三がスイッチを入れると、ブーンと中から振動音が聞こえ、真穂がクネクネと悶えて喘いだ。

「入れても平気かな？」

「うん、入れて……」

真穂が言い、無三は同じようにのしかかり、正常位で先端を押し当て、ゆっくりと挿入していった。締まりが増しているが、何しろ愛液が多いので、亜沙美のヌメリを宿したペニスはヌルヌルッと滑らかに根元まで吸い込まれ、互いの股間が密着した。

身を重ねて真穂の肩に腕を回し、肌の前面をくっつけ合った。

無三は、再び間のお肉を通して伝わる振動を感じ、熱く濡れた膣内に締め付けられながら快感を高めた。

様子を見ながら小刻みに律動すると、

「アア……、いい気持ち……、何だか、すごいわ……」

真穂が未知の感覚に声を洩らし、下から両手でしがみついてきた。

無三も徐々に動きをリズミカルにさせ、上から唇を重ねて美少女の舌を舐め回した。

「ンンッ……！」

真穂も熱く鼻を鳴らして彼の舌に吸い付き、いつしかズンズンと股間を突き上げはじめていた。

すると余韻に浸っていた亜沙美も横から身を寄せ、割り込むように唇を求めてきた。もちろん無三は受け入れ、また三人で唇を合わせ、それぞれに舌をからめて味わった。

三人が鼻先を付き合わせているので、無三の顔中は美女と美少女の吐息で、生温かく湿り、混じり合った甘酸っぱい芳香で鼻腔が刺激された。

「い、いく……！」

無三は大きな快感に貫かれ、二人の唾液と吐息を吸収しながら絶頂に達してしまった。同時に、ありったけの熱いザーメンをドクドクと勢いよく真穂の中に注入すると、

「き、気持ちいいッ……、あぁーッ……！」

彼女も声を上げ、ガクガクと身を反らせて狂おしい痙攣を開始した。

どうやら真穂も、初めて膣感覚でのオルガスムスに達したようだった。

ローターの手助けもあるし、亜沙美と三人という状況が彼女の開発を早めたのだろう。

(とうとう真穂に中出ししちゃったあ……!)

無三も大きな感激と快感の中、股間をぶつけるように突き動かしながら、心置きなく最後の一滴まで出し尽くしていった。

すっかり満足しながら動きを止め、ローターの振動にヒクヒクと幹を過敏に震わせた。そして無三は二人分のかぐわしい息を嗅ぎながら、うっとりと余韻を味わった。

振動の刺激が強いので、やがて彼は呼吸も整わないうち股間を引き離して起き上がり、ローターのスイッチを切った。

「ああ……」

振動音が止むと、真穂も緊張が解けたように声を洩らし、グッタリと力を抜いて身を投げ出していった。

無三はコードを引っ張り、ローターを引っ張り出してやった。すると可憐な蕾がみるみる丸く広がり、ピンクの表面が顔を覗かせてきた。

「あうう……」

排泄に似た感覚があるのか、真穂が呻いた。

それでも完全にローターが姿を現すと、ヌルッと抜け落ちて、肛門はキュッと元のようにつぼまった。ローターの表面には微かな曇りがあり、嗅ぐと淡い刺激が感じられた。

あまり嗅ぐとまた回復してしまうので、彼は真穂に添い寝して呼吸を整えた。すると亜沙美が、愛液とザーメンにまみれたペニスにしゃぶり付き、執拗に舌を這わせてヌメリを吸い取ってくれたのだ。

「く……、も、もう降参……」

三度射精した無三は腰をよじって言い、刺激にクネクネと悶えたのだった。

5

「来てしまったわ。何だかすごく燃えてしまって……」

翌日の夜、無三の部屋に早苗が来て言った。

夕食を終えた無三も、そろそろ抜こうかと思っていた時だから大歓迎した。

「わあ嬉しい。抜かなくて良かった」

「ええ、美佐子さんと会うのを禁止しているから申し訳ないし、むーさんは私に火を点けてしまったから」

早苗は言い、すぐにもシャツとジーンズを脱ぎはじめた。

「あ、ここでして大丈夫？　それとも車でするか、どこかへ出ましょうか」

「ううん、今日は両隣はいないから、ここでしよう」

早苗が言い、無三も答えながらジャージ上下と下着を脱ぎ去った。幸い夕方には銭湯に行ってきたから、今は世界で一番清潔である。

全裸になって万年床に横たわると、早苗も最後の一枚を脱ぎ去って添い寝してきた。

甘えるように腕枕してもらうと、彼女も優しく胸に包み込んでくれた。

「今日もいっぱい働いて汗かいたけど大丈夫？　それに夕食はペペロンチーネだからニンニクの匂いするかも」

「うん、その方がいい」

「そう言うと思ったけど、やっぱり恥ずかしいわ……」

早苗は言いながら、生ぬるく甘ったるい汗の匂いを漂わせた。

無三は彼女の腋の下に鼻を擦りつけ、柔らかな腋毛の感触を味わいながら濃厚な体臭で胸を満たした。

さらに吐きかけられる生温かな息の、甘い花粉臭に含まれるほのかなガーリック臭の刺激も胸に沁み込み、それらが激しくペニスに伝わり、ピンピンに勃起していった。

彼は充分に嗅いでから移動し、乳首にチュッと吸い付いて顔中を膨らみに押し付けて感触を味わった。

「アア……」

早苗が熱く喘ぎ、仰向けの受け身体勢になっていった。来る途中から高まっていたらしく、すぐにも火が点いたようだった。

無三ものしかかり、左右の乳首を交互に含んで舐め回し、たまに軽くコリコリと歯を当てて刺激した。

「ああ、いい気持ち……、もっと強く……」

早苗がクネクネと悶えながら言い、両手で彼の顔をきつく抱き寄せた。

無三はやや強めに歯で愛撫してやり、うっすらと汗の味のする滑らかな肌を舐め下りていった。

形良い臍に鼻を埋めて汗の匂いを嗅ぎ、舌を挿し入れてチロチロ動かしながら顔中を腹部に押し付けて弾力を味わった。

もちろん張りのある肌にキュッと歯を食い込ませ、腰骨から下腹、ムッチリとした太腿にも移動していった。

脚を舐め下り、野趣溢れる脛毛の感触を味わって足首までゆき、足裏に回り込んで舌を這わせた。逞しい足指の間は汗と脂にジットリと生ぬるく湿り、ムレムレの匂いが濃く沁み付いていた。

無三は美女の足の匂いを貪り、爪先にしゃぶり付いて順々に指の股を舐め回していった。

「あうう……、くすぐったいわ……」

早苗がガクガクと脚を震わせて呻き、無三は両足とも味わってから彼女をうつ伏せにさせた。

脹ら脛にも歯を食い込ませ、汗ばんだヒカガミを舐め、尻の丸みにも食いついていった。

「アア……、気持ちいいわ。嚙みちぎってもいい……！」

早苗は興奮を高め、声を上ずらせてせがんだ。

無三も大きく口を開いて尻の肉を頬張るようにくわえ込み、モグモグと噛み締めて弾力を味わった。

多少歯形がついたが、もちろん血が滲むほどではない。むしろ張りがありすぎて、噛んでいる彼の頬が疲れて痛くなるほどだった。

さらに腰から背中を舐め上げ、髪に顔を埋めて匂いを嗅ぎ、耳の裏側の汗も舐め取ってから、再び尻に戻っていった。

両の指でグイッと谷間を左右に広げ、レモンの先のように突き出た蕾に鼻を埋めると、汗の匂いに混じって生々しい微香も感じられた。

無三は何度も深呼吸して嗅ぎ、蕾に舌を這わせて差し入れ、細かな襞とヌルッとした粘膜を心ゆくまで貪った。

「く……、ま、前も舐めて……」

早苗は興奮を高め、待ちきれないように言って自分から寝返りを打ってきた。

無三は片方の脚をくぐり、大きく開かれた股間に顔を迫らせた。

彼女も大胆な仕草をしているが、美女なので品が落ちることなく、むしろ堪えきれない淫気が伝わるようで艶めかしく、無三もゾクゾクと激しく興奮を高めていった。

色づいた割れ目は大量の愛液でビショビショになり、熱気と湿り気が彼の顔中を包み込んできた。

「自分で広げてお舐めって言って」

無三が股間から言うと、早苗も両の人差し指を割れ目に当て、陰唇を目いっぱい左右に広げ、襞の息づく膣口から光沢ある大きめのクリトリスまで丸見えにさせた。

「お、お舐め……」

早苗は息を詰めて言い、自分の言葉に新たな愛液を漏らした。

無三も悩ましい匂いに吸い寄せられるように顔を埋め込み、黒々と艶のある茂みに鼻を擦りつけて嗅いだ。

甘ったるい汗の匂いが濃厚に籠もり、それにほのかな残尿臭と、大量の愛液による生臭い成分も入り混じって彼の鼻腔を掻き回してきた。

何度も吸い込んで胸を満たしながら舌を這わせ、無三はトロリとした大量の生温かな蜜をすすり、突き立ったクリトリスに吸い付いていった。

「あう……、いい……！」

早苗は身を強ばらせ、内腿でムッチリと彼の両頬を挟み付けて呻いた。

彼も腰を抱えながら執拗にクリトリスを舐め、包皮を剝いて軽く前歯で挟み、コリコリと刺激した。

「アア……、ダメ、いきそう……！」

早苗は絶頂を迫らせて喘ぎ、早々と昇り詰めるのを惜しむように彼の顔を股間から突き放してきた。

無三も素直に這い出して添い寝していくと、入れ替わりに早苗が起き上がって彼の股間に陣取った。そして両脚を浮かせて肛門を舐め回し、ヌルッと中にまで潜り込ませてから、陰嚢にもしゃぶり付き、やがて脚を下ろしてペニスの裏側を舐め上げてきた。

「ああ……、気持ちいい……」

無三は、先端をチロチロ舐められて喘いだ。

早苗も尿道口から滲む粘液を舐め取り、張りつめた亀頭をくわえ込んで、そのままスッポリと喉の奥まで呑み込んでいった。

温かく濡れた口の中で、舌が翻弄するようにクチュクチュと蠢き、彼女は熱い鼻息で恥毛をそよがせながら唇を締め付けて吸った。

たちまちペニスは美女の唾液にどっぷりと浸り、高まってヒクヒクと震えた。

「い、いっちゃいそう……」

無三が絶頂を迫らせて言うと、すぐに早苗もスポンと口を引き離し、身を起こして跨がってきた。

実に動きに無駄がなく、順序よく相手を攻めていく寝技の達人のようだった。

自らの唾液に濡れた先端を、愛液が大洪水になっている膣口に押し当て、彼女は息を詰めてゆっくり腰を沈めてきた。

「アアッ……！」

ヌルヌルッと滑らかに受け入れると早苗はビクッと顔を仰け反らせて喘ぎ、無三も肉襞の摩擦と温もりに包まれて奥歯を嚙み締めた。

早苗は密着した股間をグリグリと擦りつけ、味わうように締め付けてから身を重ねてきた。

無三も両手を回して抱き寄せ、美女の重みと温もりを受け止めた。

早苗は、すぐにも股間をしゃくり上げるように突き動かし、乳房も彼の胸に擦りつけてきた。

シャリシャリと恥毛が擦れ合い、コリコリする恥骨の膨らみも痛いほど彼の下腹部に押し付けられた。

そして腰を遣いながら早苗が上からピッタリと唇を重ね、ヌルッと舌を挿し入れてきた。

「ンン……」

無三も舌をからませると、早苗は熱く呻いてトロトロと唾液を送り込んでくれた。彼も生温かく小泡の多い大量の粘液を味わい、飲み込んでうっとりと酔いしれた。

無三も下からズンズンと股間を突き上げはじめると、

「ああッ……、気持ちいい……！」

早苗が口を離して喘ぎ、淫らに唾液の糸を引いて顔を仰け反らせた。

熱く湿り気ある息の洩れる口に鼻を押し込んで嗅ぐと、花粉臭と淡いガーリック臭が適度な刺激を鼻腔に与え、悩ましく胸に沁み込んでいった。

「ああ、こんな美女が刺激的な匂いを……」

「い、言わないで……」

無三が嗅ぎながら喘ぐと、早苗は羞じらって答え、さらに快感が増したようだった。

無三も突き上げを激しくさせ、早苗の唾液と吐息を貪った。

溢れる愛液が律動を滑らかにさせ、クチュクチュと卑猥な摩擦音を響かせ、互いの股間が生ぬるくビショビショになった。

「い、いく……！」

と、早苗が息を詰めて言うなり全身を強ばらせ、ガクガクと狂おしい痙攣を開始した。そして膣内もキュッキュッとオルガスムスの収縮を繰り返し、たちまち無三も巻き込まれた。

「き、気持ちいいッ……！」

無三も続けて絶頂に達し、快感に包まれて口走りながら熱い大量のザーメンを勢いよく内部にほとばしらせた。

「あうう、熱い、もっと……！」

噴出を受け止めた早苗が駄目押しの快感に呻き、彼の顔中にヌラヌラと舌を這わせてくれた。それで無三も駄目押しの快感を得て、美女の唾液にまみれながら最後の一滴まで絞り尽くしていった。

何やら互いの欲望を正面からぶつけ合う、野性的な一回であった。

「ああ……、すごかった……」

無三は動きを止め、満足して声を洩らしながら力を抜いていった。

「私も、すごく良かった……」

早苗も声を洩らし、肌の強ばりを解きながらグッタリと体重を預けてきた。

収縮する膣内で、過敏になったペニスがヒクヒクと跳ね上がり、そのたびに感じすぎた早苗がキュッときつく締め上げた。

やがて無三は彼女の重みを感じ、熱い吐息で鼻腔を満たしながら、うっとりと快感の余韻を嚙み締めたのだった。

第六章　快楽三昧に酔いしれて

1

「むー、前に預かっていた脚本が上の目に留まったみたいだぞ」

美佐子が、勢い込んで無三に言った。

撮影所である。もう映画の収録は全て済んだので、美佐子に呼ばれ、最後のポスター用撮影に付き合っていたのだ。

「本当？」

「ああ、テレビの深夜ドラマ枠で使いたいとのことだった。今度担当と引き合わせる」

美佐子は、自分のことのように嬉しげに言った。

「それは、本当に今年は運がツイてるなあ。どうも有難う」

「これを切っ掛けに、大成して欲しい」

美佐子は、まだ撮影の途中なので女武芸者スタイルだった。

「うん、春にアパートを出なきゃならないし、金が入るのは嬉しい」

「ちゃんとした脚本家になれば、いかがわしいライターも辞められるだろう」

「いや、それは辞めない。せっかく美佐姉の身体で多く勉強させてもらっているのだから、書くネタは山ほどあるからね」

無三は控え室で美佐子と二人きりで話し、ムラムラと欲情してきてしまった。

セットの準備で、あと一時間近くの待ちだと言われているし、早苗もそれまで買い物がてら休憩に出てしまっている。

「ねえ、いいことがあったのだから、何とかここで」

無三は彼女ににじり寄った。美佐子も、今日撮影が終われば打ち上げに参加で何かと忙しいのだ。

「バカ、ここで脱ぐわけにいかない。誰が来るかも知れないのだから」

「だって、トイレだって入るんだから、脱がずにしゃがんで」

無三はカーペットの敷かれた床に仰向けになり、美佐子を手招いた。

彼女も淫気が伝わったように、ドアの方に注意しながら、そろそろと近づいてきた。

この控え室は奥まっているし、来る人の足音も良く聞こえる。

美佐子はためらいなく彼の顔に跨がり、袴と裾をめくり上げてしゃがみ込んでくれた。

今日は撮影用のスカート型の袴だし、中はもちろんノーパンだ。

和式トイレスタイルで腰を沈めると、衣擦れの音とともに生ぬるい風が彼の顔を撫で、白い内腿がムッチリと張り詰めた。

割れ目はまだ濡れておらず、せいぜい腋の下程度の湿り気があるだけだ。

腰を抱き寄せて茂みに鼻を埋め込むと、汗とオシッコの匂いが悩ましく鼻腔に沁み込んできた。

「ああ、いい匂い……」

無三はうっとりと嗅ぎながら言い、舌を挿し入れていった。

息づく膣口の襞をクチュクチュ掻き回し、ツンと突き立ったクリトリスを舐め上げると、

「アア……」

美佐子が小さく喘いだが、裾が入り組んでいるのでしたから表情は見えない。

そして舐めるうち、ヌラヌラと淡い酸味の蜜が溢れてきた。

舌の動きが滑らかになってくると、彼女はそれ以上感じるのを拒むようにクネクネと腰をよじった。

無三も白く丸い尻の真下に移動し、顔中にひんやりした双丘を受け止めながら谷間の蕾に鼻を埋め込んだ。

生々しい微香が感じられ、彼は充分に嗅いで胸を満たしてからチロチロと舌を這わせ、襞を濡らしてヌルッと潜り込ませた。

「く……」

美佐子が呻き、キュッと肛門で舌先を締め付け、割れ目から糸を引いて滴る愛液が彼の鼻を濡らした。

粘膜を味わって舌を蠢かしていると、

「も、もうダメ……」

美佐子が懸命に足を踏ん張りながら言って、そのまま腰を上げてしまった。

無三も身を起こし、ジャージと下着を膝まで下ろしてソファに浅く掛けた。

「ね、正面から跨がって入れて」

「無理。声が出てしまう」

「少しぐらい感じた方が、撮影で肩の力が抜けるのに」

無三は言い、それでも彼女の手を引っ張り強引に跨がせてしまった。

「少しだけ入れたら気が済むから」

「本当に少しだけだぞ……」

美佐子も答え、濡れはじめた割れ目を先端に当て、位置を定めてゆっくり座り込んでくれた。

屹立したペニスがヌルヌルッと滑らかに根元まで埋まり込み、彼女も股間を密着させ、正面から彼にしがみついてきた。

「アア……、もう、どうでも良くなりそう……」

美佐子が熱く喘ぎ、キュッときつく締め付けてきた。

無三も肉襞の摩擦と温もりに包まれ、しがみつきながらズンズンと股間を突き上げた。

そして正面から唇を重ね、ネットリと舌をからめた。

紅は溶けても、さっきロケ弁を食べ終えたばかりだから、どうせ化粧も直すだろう。

無三は生温かな唾液にまみれ、滑らかに蠢く舌を味わいながら股間を突き上げ続けると、美佐子の呼吸が荒くなってきた。

「ダメ……、大きな声が出そう……」

「じゃさ、いきそうになったらお口で受けてくれる？」

「何が、じゃさ、だ。話が繋がっていない……」

美佐子は駄目出しをしながらも、いつしか腰を上下させはじめていた。

無三は、美佐子の喘ぐ口に鼻を押しつけて息を嗅いだ。唇で乾いた唾液の匂いが口紅の香りに混じり、さらに口腔に籠もる濃厚な花粉臭が熱気と湿り気を含んで鼻腔を掻き回してきた。しかも食事直後の刺激も入り混じって、馥郁と胸に沁み込んでいった。

「に、匂いだけでいっちゃいそう……」

無三は言い、熱く濡れた膣内を肉棒で掻き回した。

「ま、まだか……」

「唾を飲ませて……」

「世話の焼ける……」

美佐子は言いながらも、彼の口にトロトロと小泡の多い粘液を大量に吐き出してくれた。無三はうっとりと味わい、喉を潤しながら美女の息の匂いに高まっていった。

「い、いきそう……」

無三が言うなり、美佐子は欲望と戦いながら懸命に腰を引き離し、そのまま彼の前に膝を突いた。

大股開きになると、彼女は愛液に濡れた亀頭にしゃぶり付き、熱い息を股間に籠もらせながらモグモグと根元まで含んでくれた。

そして顔を上下させてスポスポと強烈な摩擦を開始し、無三も合わせて股間を突き上げた。

見下ろせば、絢爛たる女武芸者が一心不乱に男根を頬張って吸い付いている。

無三は、たちまち大きな絶頂の快感に全身を貫かれてしまった。

「いく……、ああッ……！」

昇り詰めて喘ぐと同時に、大量の熱いザーメンがドクンドクンと勢いよくほとばしり、容赦なく美女の喉の奥を直撃した。

「ク……、ンン……」

噴出を受けながら美佐子が熱く呻き、頬をすぼめてチューッと貪欲に吸い取ってくれた。

「ああ、気持ちいい……」

無三は快感に喘ぎ、心置きなく最後の一滴まで美佐子の口の中に出し尽くしてしまった。

満足してグッタリとソファにもたれかかると、美佐子も吸引を止め、亀頭を含んだまま口に溜まったザーメンをゴクリと一息に飲み干してくれた。

そして口を離し、なおも尿道口に脹らむ白濁の雫まで丁寧に舐め取り、ようやく顔を上げて息を吐いた。

「あ、有難う。とっても良かった。今度はうんといかせてあげるからね……」

無三は荒い息を弾ませ、余韻に浸りながら言った。

美佐子は立ち上がって裾を直し、洗面所に行って顔を直した。

無三も呼吸を整えながら身繕いをし、やがて美佐子も戻ってきた。

「まさか、こんなところでするなんて……」

「だいぶリラックスしたでしょう。これで仕事の仕上げも上手くいくよ」

「無責任な。まだ濡れていて気持ちがモヤモヤしている……」

美佐子は言い、ソファに座らず、またトイレに入った。どうやらビデで洗っているようだ。

そして待つうちに早苗が戻り、セットの準備が整い美佐子が呼ばれた。

幸い早苗は、情事の後の匂いに気づくこともなかったようだ。まあ、まさか控え室ですするとは誰も思わないだろう。

そして無三もスタジオでの撮影を見学し、やがて全て終了して拍手で美佐子を迎え、そこで彼は別れて帰宅してきたのだった。

2

「本当は、真穂の許しを得なければいけないのだけど……」

亜沙美が、メガネのレンズ越しに熱っぽく無三を見つめながら言った。

無三は翌日、メールで亜沙美のマンションに呼び出されたのである。

「構わないよ。三人も気持ち良かったけど、やっぱり秘め事は密室で二人きりに限るしね」

「ええ、もう私も真穂がいなくても大丈夫」

無三が言うと亜沙美が答え、すぐにも二人は脱ぎはじめていった。

全裸になってベッドで待ち、無三は激しく勃起していった。会ったときから、この図書委員タイプの美女と二人きりでしたいと思っていたのだ。

「あ、メガネはそのままでね。出来ればここに立って」

一糸まとわぬ姿になった亜沙美に言うと、彼女も言われるままベッドに上がって無三の顔の横に立った。

「顔に足を乗せて」

「踏まれたいの？」

「うん！」

無三が元気よく答えると、亜沙美も壁に手を突いて身体を支えながら、そっと片方の脚を浮かせ、足裏を彼の顔に乗せてくれた。

「ああ、変な感じ……」

亜沙美は早くも熱く喘ぎながら言い、違和感に爪先を縮めた。

無三は舌を這わせ、蒸れた足指の間に鼻を埋め込んで、生ぬるい湿り気を嗅いだ。今日も彼女は、言いつけを守ってシャワーを浴びずに彼を迎えてくれたのである。

充分に匂いを嗅いでから爪先をしゃぶり、全ての指の股に舌を割り込ませた。

「アア……、くすぐったいわ……」

亜沙美は言い、足を交代してくれ、無三はそちらも味と匂いを貪った。

「じゃ、跨いでしゃがんでね」

味わい尽くして言うと、亜沙美も彼の顔の左右に足を置き、ゆっくりしゃがみ込んでくれた。M字の脚がムッチリと張り詰め、すでに濡れはじめている割れ目が無三の鼻先に迫った。

彼も腰を抱えて引き寄せ、柔らかな恥毛に鼻を擦りつけ、生ぬるい体臭を嗅いだ。これも甘く、あるいは甘酸っぱく、あるいはチーズ臭を含んだ悩ましい匂いである。

舌を這わせると、トロリとした淡い酸味のヌメリが感じられた。

「ああ……、いい気持ち……」

クリトリスを舐めると亜沙美が喘ぎ、思わずギュッと股間を押しつけてきた。

そして彼の顔に割れ目を当てながら身を反転させ、女上位のシックスナインの体勢になった。

屈み込んで亀頭にしゃぶり付いてくれ、無三は反対向きになった割れ目を舐め回し、快感に幹を震わせた。

「ンン……」

亜沙美も喉の奥まで呑み込んで鼻を鳴らし、熱い鼻息で陰嚢をくすぐった。

クチュクチュと舌が蠢き、たちまちペニス全体は美女の生温かな唾液にどっぷりと浸った。

無三は溢れる愛液をすすってクリトリスを吸い、さらに伸び上がって尻の谷間に鼻を埋め込んだ。ピンクの蕾には悩ましい微香が籠もり、彼は充分に嗅いでから舌を這わせた。

「ク……」

ヌルッと潜り込ませて粘膜を味わうと、亜沙美が呻いて肛門を締め付け、反射的にチュッと強く亀頭に吸い付いてきた。

無三は舌を蠢かせてから再び割れ目に戻り、チロチロと舌先で弾くようにクリトリスを舐めた。

やがて二人は、互いの最も感じる部分を愛撫し合って高まった。

「い、入れて……」

スポンと口を引き離した亜沙美が言い、彼の上から移動していった。

亜沙美が仰向けになったので無三は身を起こし、正常位で股間を進め、唾液に濡れた先端を割れ目に押し付け、ゆっくり挿入していった。

「アアッ……！」

ヌルヌルッと根元まで押し込むと、亜沙美が身を弓なりに反らせて喘ぎ、キュッときつく締め付けてきた。

まだ処女を失ってから二回目だが、バイブに慣れている亜沙美はすぐにも昇り詰めそうな勢いで悶えていた。

無三は股間を密着させ、温もりと感触を味わいながらまだ動かず、屈み込んで乳首に吸い付いていった。

コリコリと硬くなった乳首を舌で転がし、もう片方も含んで味わうと、その間も膣内はキュッキュッと心地よい収縮が繰り返されていた。

左右の乳首を味わうと、さらに彼は亜沙美の腕を差し上げ、腋の下にも鼻を埋め込み、生ぬるく甘ったるい汗の匂いを吸収した。

「ああ……、突いて……」

亜沙美が喘ぎながら、待ちきれないようにズンズンと股間を突き上げ、無三もそれに合わせて腰を動かしはじめた。

そして完全に身を重ね、上から唇を重ね、柔らかな感触と唾液の湿り気を味わった。舌を挿し入れて滑らかな歯並びを舐めると、彼女も口を開いて舌をからめてきた。

生温かな唾液に濡れた舌を舐め回し、さらに腰の動きを激しくさせていくと、

「あぁッ……」

亜沙美が顔を仰け反らせて喘いだ。開いた口に鼻を押し込んで嗅ぐと、湿り気ある息は甘酸っぱい果実臭が濃く含まれていた。

彼は胸いっぱいに美女の息を吸い込んで、激しく高まりながら股間をぶつけるように突き動かすと、

「ま、待って……、むーさん……」

亜沙美が突き上げを止め、息を詰めて言った。

「え？」

「お、お尻に入れてみて……」

亜沙美が言い、無三は驚いてピクンと内部で幹を跳ね上げた。

「だ、大丈夫かな……」

「ええ、バイブを試したこともあるので。これ付けて」

彼が心配して言うと、亜沙美は答えながらローションの瓶を手渡してきた。

無三は身を起こし、ヌルリとペニスを引き抜いた。すると亜沙美は自ら両脚を浮かせて抱え込み、白く形良い尻を突き出してきた。

すでに割れ目から滴る愛液に肛門も濡れていたが、彼はローションを垂らし、指を浅く入れて内壁を揉みほぐし、さらに深くまで潜り込ませてヌメリを与えていった。

「ああ……、早く……」

亜沙美が声を震わせてせがむと無三もローションを置き、指を引き抜いて股間を寄せていった。期待にペニスはピンピンに勃起し、彼は幹に指を添え、先端を蕾に押し付けた。

「じゃ、入れるからね」

言ってからグイッと股間を押しつけると、張り詰めた太い亀頭が可憐な蕾に潜り込んだ。細かな襞が伸びきって丸く押し広がり、今にも裂けそうなほどピンと張り詰めた。

「あう……、どうか奥まで……」

彼女が息を詰めて言い、無三もヌメリに任せてズブズブと根元まで押し込んでしまった。

股間に尻の丸みがキュッと密着して心地よく弾み、膣内とは微妙に違う感触と温もりがペニスを妖しく包み込んだ。

さすがに入り口周辺の締まりは抜群だが、中は思ったより広く、ベタつきもなく滑らかである。

（とうとう膣口に続いて、アヌス処女までもらっちゃった……）

無三は感激して思い、内部でヒクヒクと幹を震わせた。

「動いて、乱暴に……」

亜沙美が声を上ずらせて言い、何と自ら空いている割れ目に指を這わせ、激しくクリトリスを擦りはじめた。

無三もその光景に興奮を高め、身を起こしたまま小刻みに腰を遣った。

彼女も力の抜き方に慣れてきたか、次第に動きは滑らかになり、無三も通常のセックスのようなリズムで律動した。

「い、いっちゃう……、アアーッ……！」

たちまち亜沙美がガクガクと腰を跳ね上げ、クリトリスを擦りながら激しく喘いだ。

同時に膣と連動して直腸も収縮し、ピュッと大量の液体をほとばしらせた。失禁か潮吹きか分からないが、亜沙美は息も絶えだえになって悶え、やがてグッタリと身を投げ出していった。

結局、無三は圧倒されるように絶頂を逸し、荒い呼吸を繰り返している亜沙美の肛門からゆっくり引き抜いていった。

するとと途中から、内圧と収縮により、ヌメリに合わせてペニスが押し出され、ヌルッと抜け落ちた。肛門は丸く開いて一瞬粘膜を覗かせ、すぐに元の可憐な蕾に戻った。

まるで美女に排泄されるような興奮が湧き、無三は彼女が呼吸を整えて平静に戻るのを待ったのだった。

3

「オシッコして、中も洗い流して」

亜沙美が言い、無三も勃起を抑えながら懸命に尿意を高めた。

バスルームで互いの全身を洗い流し、彼女は甲斐甲斐しくアナルセックスしたペニスを洗ってくれたのだ。

やがて無三はチョロチョロと放尿をはじめた。

すると亜沙美が屈み込み、口に受けてしまったのである。

「ああっ……、いいよ、綺麗な人がそんなことしなくて……」

無三は言ったが、興奮してペニスが強ばり、なかなかオシッコを出し切れずに閉口した。

それでも亜沙美は、少し味見しただけで顔を上げ、無三もようやく最後まで出し切ることが出来たのだった。

するとまた彼女が舌を這わせ、濡れた尿道口を舐めて清めてから、シャワーで念入りに洗い流してくれた。

どうやら、この知的な女子大生が、最も変態性欲に理解があるようだった。

「じゃ、今度は亜沙美さんが出して」

無三は床に座って言い、目の前に亜沙美を立たせた。彼女も股間を突き出し、自ら割れ目を広げてすぐにも放尿してくれた。

もちろん彼女も口に受け、淡く上品な味と匂いを堪能しながら喉に流し込んだ。

かなり量があるので、やはりさっきのは潮吹きだったようだ。

やがて出し終えると、無三は残り香の中でもう一度互いの全身を洗い、身体を拭いてバスルームを出たのだった。

また全裸でベッドに戻ると、今度は無三が仰向けになった。

「バイブでお尻を侵してもいいかしら」

「そ、それだけは止めて……」

「指ならいい？」

「うん、恐いけど浅くなら……」

言われて、無三は処女のように戦《おのの》きながら、そろそろと両脚を浮かせて抱え込んだ。

すると亜沙美が屈み込み、チロチロと肛門を舐めヌルッと潜り込ませてきた。

「あう……」

無三は妖しい快感に呻き、モグモグと肛門で美女の舌を味わった。

彼女が内部でチロチロと舌を蠢かせると、ペニスは内側から操られるようにヒクヒク上下に震え、滲む粘液で尿道口を濡らした。

そして亜沙美は舌を引き抜いた。

「唾だけだと、すぐ乾いちゃうわね」

彼女は言い、無三の肛門にローションを垂らし、指でヌラヌラと塗り付けてからズブリと潜り込ませた。

「く……、変な感じ……」

無三は、舌とは違う指の感触に呻き、違和感で肛門を収縮させた。

するとと亜沙美はズブズブと指を根元まで押し込み、中で蠢かせた。

「い、痛い……、それに便意を催しそう、漏らしたら大変だあ……」

「大丈夫。漏れやしないわ。指を抜いたらすぐ普通に戻るから」

無三はアヌス処女を奪われた気持ちで不安げに言ったが、アナルオナニーにも慣れている彼女は、平然と答えて愛撫を続けた。

「アア……、メガネの知的な美人女子大生に肛門を悪戯《いたずら》されているう……」

無三は自分に言い聞かせながら興奮を高め、次第に違和感にも慣れてきた。

「この辺りが前立腺だわ。どんな感じ」

亜沙美が、内部の天井をグリグリと指の腹で圧迫しながら言う。

「あうう、オシッコしたいような、重ったるい気分……」

彼は初めての感覚を探りながら答えたが、あまり快感とは思えなかった。

すると亜沙美が、浅い部分で指をクチュクチュと出し入れさせるように動かしはじめた。

「ああ、それは気持ちいい。女子大生に犯されているう……」

無三は心地よい摩擦に喘ぎ、愛撫をせがむようにペニスを震わせた。

すると亜沙美も、ようやくヌルッと指を引き抜いて屈み込み、亀頭にしゃぶり付いてくれた。

「アア、やっぱりそこが一番いい……」

無三はスッポリ含まれて、舌のヌメリに高まりながら言った。

亜沙美も熱い息を股間に籠もらせ、クチュクチュと舌をからめながら吸い、濡れた唇で摩擦してくれた。

「い、いきそう……、最後は入れたい……」

「私も」

無三が絶頂を迫らせて言うと、すぐに亜沙美もチュパッと口を引き離して答えた。やはりアナルセックスと膣感覚は別物で、彼女は貪欲に両方味わいたいようだった。

すぐに亜沙美が身を起こして跨がり、唾液にまみれた先端を膣口に受け入れていった。彼自身はヌルヌルッと根元まで呑み込まれ、彼女も完全に股間を密着させて座り込んだ。

「アアッ……、やっぱりここがいいわ……」

亜沙美が顔を仰け反らせて喘ぎ、すぐにも身を重ねてきた。

無三も、肉襞の摩擦と温もりに包まれながら両手でしがみつき、ズンズンと股間を突き上げはじめた。

亜沙美も動きに合わせて腰を遣い、大量の愛液で互いの股間をビショビショにさせてきた。彼はさっきのアナルセックスで果てていないので、急激に絶頂が迫ってきた。

「気持ちいい……、もっと突いて……」

亜沙美がのしかかりながら言い、上からピッタリと唇を重ねてきた。

無三もネットリと舌をからめながら突き上げを速め、生温かな唾液で喉を潤して酔いしれた。

「もっと飲ませて……」

囁くと亜沙美は口移しに唾液を注いでくれたが、やがて快感が高まると顔を仰け反らせた。

「ああ……、すぐいきそう……」

亜沙美が喘ぎ、無三は湿り気ある甘酸っぱい息の匂いで胸を満たし、さらに鼻を押しつけて嗅いだ。すると彼女もヌラヌラと舌を這わせ、無三の鼻の穴や口の周りを舐め回してくれた。

「い、いっちゃう……！」

たちまち無三は、美女の清らかな唾液にまみれ、果実臭の息で鼻腔を刺激されながら口走った。すぐに大きなオルガスムスの波が押し寄せ、彼は熱い大量のザーメンを噴出させた。

「か、感じる……、アアーッ……！」

奥深い部分を直撃された亜沙美も、たちまち絶頂に達して喘ぎ、ガクガクと狂おしい痙攣と収縮を開始した。

無三は心地よい摩擦の中、心ゆくまで出し尽くし、満足しながら突き上げを弱めていった。

「ああ……、良かったわ……」

亜沙美も大きな波を通り越し、うっとりと声を洩らしながら強ばりを解いて体重を預けてきた。

何と彼女は、前と後ろの両方で大きなオルガスムスを得たのである。

まだ膣内がキュッキュッと締まり、ペニスは断末魔のようにヒクヒクと過敏に震えた。そして彼は甘酸っぱい吐息と唾液の匂いで胸を満たし、快感の余韻に浸り込んでいったのだった……。

4

「深夜ドラマに脚本が採用されたのですって？　すごいわ」

「ええ、その打ち合わせをしてきました」

無三がアパートに帰ろうとすると、真希子に呼ばれて家に入り、彼は嬉々として報告した。

美佐子に連絡を受け、無三はテレビの担当者と会っていたのだ。

どうやら脚本の採用は本決まりらしく、しかもヒロインは美佐子に選ばれたのである。

「僕も少しでいいから出たい」

「いいでしょう。前向きに考えておきます」

無三が言うと、担当者は彼の独特なキャラを気に入ったように答えてくれた。

脚本の内容は、就職難の大学生の恋や初体験の物語で、正に無三が体験していることを脚色した。かなりのエッチシーンもあるので、深夜ドラマには最適だったようだ。

「それは、お祝いしないといけないわね」

「でも、それは第一回が放映されてからで。ああいう世界は、まだ何があるか分からないですから」

「じゃ、まずは二人だけで気持ち良くお祝いしましょう」

真希子が言い、彼を寝室に誘って脱ぎはじめた。真穂は夕方まで帰ってこないらしい。

やがて互いに全裸になり、ベッドに上った。

「今年の幸運は、全て筆下ろししてくれた真希子さんのおかげです」

無三は言い、仰向けの彼女を大股開きにして腹這い、割れ目に向かってパンパンと柏手を打った。

その割れ目も、期待と興奮で急激にヌラヌラと潤いはじめていた。

彼も顔を進め、白く張りのある内腿を舐め上げながら股間に迫っていった。

黒々とした恥毛の下の方は雫が宿り、濃く色づいた陰唇の間から襞の入り組む膣口と光沢あるクリトリスが覗いていた。

熱気に誘われて顔を埋め込み、柔らかな茂みに鼻を擦りつけると、今日も馥郁たる汗とオシッコの匂いが鼻腔を刺激してきた。

舌を這わせ、陰唇の間から差し入れて膣口を掻き回し、淡い酸味のヌメリを掬い取りながらクリトリスまで舐め上げると、

「アアッ……、いい気持ち……」

真希子が喘ぎ、量感ある内腿でムッチリと彼の顔を挟み付けてきた。

無三は悩ましい体臭を嗅ぎながら豊満な腰を抱え、チロチロとクリトリスを舐め回し、さらに腰を浮かせて尻に迫った。

見事な逆ハート型の尻の谷間に鼻を埋め込み、ピンクの蕾に籠もった微香を貪り、舌を這わせてヌルッと潜り込ませた。

「あう……！」

真希子が呻き、肛門でキュッと彼の舌先を締め付けてきた。

無三は粘膜を味わい、美女の股間と尻に顔を埋めている幸せを噛み締め、感謝を込めて舌を蠢かせた。

見ると鼻先にある膣口からは、白っぽく濁った粘液も滲みはじめていた。

充分に舐めてから舌を抜き、再び割れ目を舐め回してヌメリをすすった。

「ね、一緒に舐めたいわ。こっちに脚を……」

真希子が言うので、無三も割れ目に顔を埋めながら身を反転させていった。

彼女の口にペニスを押し付け、互いの内腿を枕にしたシックスナインの体勢になった。

「ンン……」

真希子は亀頭を含んで吸い付き、熱い鼻息で陰嚢をくすぐった。

無三も快感に包まれながらクリトリスを吸い、さらに彼女の喉の奥まで押し込んでいった。

真希子は深々と呑み込んで舌をからめ、指先でも陰嚢をサワサワと微妙なタッチでくすぐってくれた。

やがて最も感じる部分を舐め合い、それぞれの股間で息を弾ませていたが、彼女がスポンと口を引き離し、仰向けになっていった。

「入れて……」

言われて無三も舌を引っ込めて向き直り、挿入する前に彼女の足指を嗅ぎ、蒸れた匂いを吸収してさらに興奮を高めた。

ようやく身を起こして股間を進め、正常位で先端を押し付け、感触を味わいながらゆっくり挿入していった。急角度のペニスは、ヌルヌルッと肉襞の摩擦を受けて根元まで呑み込まれた。

「アアッ……、いいわ……！」

真希子が顔を仰け反らせて喘ぎ、キュッときつく締め付けてきた。

無三も温もりに包まれながら快感を嚙み締め、股間を密着させて身を重ねていった。

まだ動かず、屈み込んで巨乳に顔を埋め、乳首に吸い付いて舌で転がした。

「あう、もっと強く……」

真希子が両手でしがみつきながら、彼の顔を膨らみに抱きすくめた。

顔中が埋まり込み、無三は心地よい窒息感に包まれながら吸い付き、コリコリと軽く歯で刺激した。

もう片方の乳首も含んで念入りに舐め回し、舌と歯で愛撫していると、

「いい気持ち……、すぐいきそうよ……」

真希子が喘ぎながら言い、ズンズンと股間を突き上げはじめた。

無三も合わせて腰を動かしながら両の乳首を交互に吸い、さらに腋の下にも鼻を埋め込み、甘ったるい汗の匂いに噎せ返った。

そして互いに本格的にリズムを一致させて股間をぶつけ合い、無三は白い首筋を舐め上げながら唇を求めていった。

形良い口が開き、白く滑らかな歯並びの間からは熱く湿り気ある吐息が洩れていた。

鼻を押しつけると、乾いた唾液の香りに混じり、真希子本来の白粉に似た甘い口の匂いが馥郁と鼻腔を掻き回してきた。

無三は何度も嗅いで胸を満たしてから、唇を重ねて舌を挿し入れた。

歯並びを舐め回すと、すぐに真希子の舌が触れ合い、チロチロとからみついてきた。

さらに奥へ差し入れて蠢かせると、

「ンンッ……！」

彼女は熱く呻き、チュッと無三の舌に吸い付いてきた。

その間も互いの腰の動きは続き、大量に溢れる愛液がクチュクチュと卑猥な摩擦音を立てはじめた。

「ああッ……、い、いく……！」

たちまち真希子が口を離して喘ぎ、ガクガクと腰を跳ね上げはじめた。

膣内の収縮も高まり、巻き込まれるように続いて無三もオルガスムスに達してしまった。

「く……！」

突き上がる絶頂の快感に呻き、熱い大量のザーメンをドクンドクンと勢いよく膣内にほとばしらせると、

「アアッ……、気持ちいい……！」

真希子は噴出を感じて声を上げ、さらにキュッときつく締め付けてきた。

無三は心地よい摩擦の中、美女の甘い息を嗅ぎながら股間をぶつけるように突き動かし、心置きなく最後の一滴まで出し尽くしていった。

彼女も目を閉じ、あとは声もなく快感を噛み締め、ヒクヒクと熟れ肌を波打たせていた。

無三は満足しながら動きを止め、巨乳に胸を押し付けて力を抜いていった。

「ああ……、良かった……」

真希子もグッタリと身を投げ出して言い、まだ膣内を収縮させながら荒い呼吸を繰り返した。

無三はキュッと締め付けられるたび、ピクンと内部で過敏に幹を跳ね上げた。

そして湿り気ある甘い刺激の息を間近に嗅ぎながら、うっとりと快感の余韻を噛み締めたのだった……。

5

「梶尾美佐子さんと共演するんですって？」

真穂が、無三の部屋に入ってきて言った。

一月中旬となり、もう真穂も冬休みを終えて毎日女子大に通っている。

尾地荘の住人の大部分も就職が決まって出て行き、残るは無三のほか僅かだけとなっていた。

あれから無三も、エロコラムの執筆の合間にテレビの担当と打ち合わせを重ねて、キャストもスタッフも全て揃い、いよいよ近日中に第一回目の収録が決まっていた。

無三も最初から見学に出向き、そのときにチョイ役で出させてもらうことになっている。

何しろ嬉しかったのは、美佐子の主演が決まったことだった。それは彼女も大変に喜び、ますます二人の秘密の絆も深まっていった。

「うん、そのうちスタジオの見学に一緒に行こうね」

「本当？」

言うと真穂は顔を輝かせ、興奮に頬を紅潮させた。

「大丈夫だよ。でも真穂ちゃんはあまりの美少女だから、スカウトされちゃうかも知れないなあ」

「私は見るだけで、あまり出たくないわ」

真穂はそう答えながらも、満更ではないように、あれこれ思いを馳せているようだった。

「ね、それより脱ごうね」

無三は淫気を満々にさせて言い、自分からジャージ上下と下着を脱ぎ去り、全裸になって万年床に仰向けになってしまった。

「うん……、でも今日は体育があって動き回ったから、本当は家でシャワーを浴びてきたいのだけど……」

「わあ、なおさらこのままでいい」

無三が言いながら勃起したペニスをヒクヒクさせると、真穂も諦めたように立ち上がり、服を脱ぎはじめてくれた。

「亜沙美さんとの三人も楽しかったけど、私やっぱり二人きりがいいわ」

脱ぎながら真穂が言う。もちろん大学で亜沙美に会っても、彼女は無三としたことは固く内緒にしているようだ。

「うん、三人はゲーム感覚で面白いけど、やっぱり二人きりでする方がドキドキするね」

「ええ……」

無三に答えながら、真穂はみるみる小麦色の健康的な肌を露わにしてゆき、とうとう最後の一枚も脱ぎ去ってしまった。

「ね、ここに座って」

無三は仰向けのまま言い、下腹を指した。

やはり懇ろになっている女性たちのうち、真穂は唯一の年下で最も小柄だからその体重を全身で味わいたいのである。

真穂も羞じらいより好奇心と欲望を優先させ、自転車にでも跨がるように気軽に彼を跨いでしゃがみ込み、下腹に座り込んできた。

割れ目が直に肌に密着し、温もりと湿り気が伝わってきた。

「じゃ、両脚を伸ばして僕の顔に乗せてね」

無三は言い、彼女を立てた両膝に寄りかからせ、足首を引っ張った。

「あん……」

真穂はバランスを取るように腰をくねらせ、割れ目を押し付けながら両脚を伸ばしてきた。

無三は顔に両の足裏を受け止め、美少女の全体重を受け止めて陶然となった。

そして足裏を舐め回し、汗と脂に湿った指の間に鼻を押しつけ、ムレムレになった匂いを貪った。

可愛く蒸れた匂いの刺激で、勃起したペニスが彼女の腰を軽く叩いた。

そして爪先にしゃぶり付き、両脚とも順々に指の間を舐めると、

「あァッ……、くすぐったいわ……」

真穂が喘ぎ、クネクネと腰を動かして割れ目を擦りつけると、次第にじんわりと湿り気が増してくるのが分かった。

無三は両脚とも舐め尽くすと、彼女の手を引っ張って前進させた。

「ああ……、匂うんじゃないかなあ……」

真穂はようやく羞じらいを見せ、尻込みして言いながらも結局移動してくれ、彼の顔の左右に足を置いてしゃがみ込んできた。

生ぬるい風とともに無三の鼻先に、美少女の割れ目が迫った。

僅かに開いた陰唇の内側はヌメヌメと潤いはじめ、真珠色のクリトリスもツンと突き立っているのが覗けた。

彼は両手で腰を抱えて引き寄せ、柔らかな若草の丘に鼻を埋め込んだ。

隅々に鼻を擦りつけて嗅ぐと、甘ったるい汗の匂いが濃厚に籠もり、それに蒸れたオシッコの匂いも馥郁と入り混じって鼻腔を刺激してきた。

「いい匂い」

「やあん、嘘……」

真下から言うと真穂が内腿を震わせ、それでも割れ目を押し付けたままにしてくれた。

舌を挿し入れると、淡い酸味のヌメリが滑らかに迎えてくれ、彼は膣口の襞をクチュクチュ搔き回してからクリトリスまで舐め上げていった。

「アアッ……！」

真穂が喘ぎ、思わずキュッと体重をかけて座り込んできた。

無三は心地よい窒息感の中で美少女の匂いを貪り、チロチロとクリトリスを舐めては、溢れる清らかな蜜をすすった。

さらに大きな水蜜桃《すいみつとう》のような尻の真下に潜り込み、谷間に鼻を埋めた。

薄桃色の蕾には、汗の匂いに混じり秘めやかな微香が沁み付き、無三は何度も深呼吸して嗅いでから舌を這わせた。

細かに震える襞を舐めて濡らし、潜り込ませてヌルッとした滑らかな粘膜を味わった。

「あう……」

真穂が呻き、キュッキュッと肛門で舌先を締め付けてきた。

無三は充分に舌を蠢かせてから引き抜き、再び濡れた割れ目を舐め回し、クリトリスに吸い付いていった。

「アア……、もうダメ……」

真穂は懸命に両脚を踏ん張っていたがしゃがみ込んでいられずに両膝を突き、さらに突っ伏して亀の子のように彼の顔の上で四肢を縮めた。

なおも無三はクリトリスを吸いながら、膣口に指を入れてクチュクチュと内壁を摩擦した。

溢れる愛液が指に搔き出され、彼の顎に滴った。

「あうう、ダメ、漏れちゃいそう……」

刺激されて、尿意を催したように真穂が呻いた。

「わあ、構わないから出しちゃって」

無三は嬉々として答え、指を引き抜き割れ目に口を付けた。

「だって、こぼれたらお布団が濡れるわ……」

「大丈夫。全部飲んじゃうから」

言って吸い付き、腰を抱えながら執拗に舌を這わせた。例え濡れたとしても、再来月には引っ越しだし、そのときに捨てる布団である。

すると真穂もその気になったように息を詰め、下腹に力を入れて尿意を高めはじめてくれた。

舐めたり吸ったりしているうち、中の柔肉が迫り出すように膨らみを帯び、急に温もりと味わいが変わってきた。

「あう……、本当に出ちゃうわ……」

真穂が息を詰めてか細く言うなり、ポタポタと温かな雫が滴り、たちまちチョロチョロとした弱い流れとなっていった。

それを口に受け、無三は溢れさせないよう夢中で飲み込んだ。

噎せることもなく、淡い味わいと匂いが実に可愛らしく、彼は続けざまに喉に流し込んでいった。

「アア……」

ゆるゆると放尿しながら真穂が喘ぎ、一瞬勢いが増したかと思うと、すぐに流れが弱まっていった。無三もこぼすことなく、全て飲み干すことが出来、甘美な悦びで胸を満たした。

なおも滴る雫を舌に受けて舐め取り、割れ目内部も丁寧に舌を這い回らせて余りをすすった。すると、たちまち新たな愛液が湧き出し、中は淡い酸味のヌメリに満ちていった。

「ああン……、もうダメ……」

真穂が、むずがるように言って股間を引き離してきた。そして息を弾ませながら、仕返しするように彼の下半身に移動していった。

彼女が股間に腹這いになってくると、無三は自ら両脚を浮かせて抱え、尻を突き出した。

「お尻舐めて。僕はさっき帰りに銭湯に寄ってきたから綺麗だからね」

「やあん……、私は汚れていたのね……」

「そんなことないよ。さあ」

促すと、真穂は顔を寄せ、チロチロと肛門を舐めてくれた。

「ああ……、こんなとびきりの美少女が、こんな醜いブタの汚い肛門を舐めてくれている……」

無三は、わざわざ口に出して説明し、興奮を高めながらペニスを震わせた。

「私、そんな美少女じゃないわ……」

「あ、ブタは否定してくれないのね……」

無三が言うと、なおも真穂は舌を這わせ、ヌルッと潜り込ませてきた。

「あう！　美少女が、ウンコする穴にベロを入れてくれた……」

言うと、真穂はすぐに引き抜いてしまった。

「あーあ、言わなきゃ良かった……」

無三が言うと、真穂は今度は陰嚢を舐め回し、睾丸を転がしてからペニスを舐め上げてきた。

先端まで来ると尿道口から滲む粘液を舐め、スッポリ含んで吸い付き、クチュクチュと舌をからめて生温かな唾液にまみれさせてくれた。

「す、すぐいきそう……、跨いで入れて……」

言うと真穂もスポンと口を引き離し、身を起こして跨がった。そして唾液に濡れた先端を膣口に押し当て、一気に座り込んできた。

「アアッ……！」

ヌルヌルッと根元まで受け入れ、真穂が顔を仰け反らせて喘いだ。

無三も快感を味わいながら両手で抱き寄せ、唇を求めていった。

神聖な唇の感触を味わい、舌を挿し入れてチロチロと舐め回し、滴る唾液をすすって喉を潤した。

もう我慢できず、ズンズンと股間を突き上げはじめると、

「ああ……」

真穂が口を離し、合わせて腰を遣ってくれた。

無三は喘ぐ口に鼻を押し込み、美少女の甘酸っぱい息の匂いを嗅ぎながら、肉襞の摩擦に高まり、あっという間に昇り詰めてしまった。

「く……！」

突き上がる快感に呻き、ありったけのザーメンを注入すると、

「ああ、熱いわ。いく……、アアーッ……！」

噴出を感じた真穂もオルガスムスに達し、声を上ずらせながらガクガクと狂おしい痙攣を繰り返した。

無三は心ゆくまで快感を噛み締め、最後の一滴まで出し尽くしていった。

満足しながら動きを止め、力を抜いていくと、真穂もグッタリともたれかかってきた。

（さあ、これからも頑張らないとな……！）

脱力しながらも無三は力強く自分に言い聞かせ、内部でヒクヒクと幹を震わせた。そして美少女のかぐわしい息を胸いっぱいに嗅ぎながら、うっとりと快感の余韻を嚙み締めたのだった……。

＊この物語はフィクションです。万が一同一名称の固有名詞があった場合でも、
実在する人物、団体とは一切関係ありません。

イースト・プレス
悦文庫

みだら風《ふう》来《らい》帖《ちょう》

睦《む》月《つき》影《かげ》郎《ろう》

2016年1月22日　第1刷発行

企　画　松村由貴（大航海）
DTP　臼田彩穂
編　集　田中彩乃　棒田　純

発行人　安本千恵子
発行所　株式会社　イースト・プレス
〒101-0051
東京都千代田区神田神保町2-4-7久月神田ビル8F
電　話　03-5213-4700
FAX　03-5213-4701
http://www.eastpress.co.jp

印刷製本　中央精版印刷株式会社
ブックデザイン　後田泰輔（desmo）

ISBN978-4-7816-1393-2　C0193